Lino García Morales

¡Pinga!

Edición e impresión por BoD – Books on Demand
info@bod.com.es – www.bod.com.es
Impreso en Alemania – Printed in Germany

ISBN: 978-8-4132-6052-5

A Hugo, Héctor y Viki.
A Fernan y Momi.

–¿Tú sabes lo bueno que tiene Cuba? Que no hay armas. Si no la gente se mataría.

Anónimo, en una guagua

Pinga es sin duda la palabra que más se usa en Cuba. Si me siento mal o me siento bien: me siento de pinga. Si alguien es bajo y ruin: es de pinga. Si no hay nada: ¡aquí no hay ni pinga! Si fulano, mengano, zutano o perengano es tonto, idiota o comemierda: es un comepinga. Si no entiendes lo que dice es porque: lo que habla es pinga. Si no tienes ni idea es porque: no sabes ni pinga. Si eres blanco de la ira es porque: estás empinga'o. Si no le vas a dar nada a alguien es que: no le vas a dar ni pinga. El grito de guerra es: ¡ni pinga! Y ¡vete al carajo! es lo mismo que: ¡vete pa' la pinga! Si algo está muy mal es porque: está de pinga y si algo está súper es porque: está bueno con pinga. Si eres buena gente: eres un tipo empinga'o. Si te das un golpe: ¡Ay, repiiinga! Si no sabes qué pasa: ¿qué pinga te pasa? Si alguien está agresivo: ¿qué pinga es la que te singa? Si no estas de acuerdo: ¿qué pinga es? Si esto no tiene que ver contigo: ¿a ti qué pinga te importa? Si una mujer está amargada o peleona es porque: está falta de pinga. Si quieres mandar a alguien a domicilio indefinido dile sin más: ¡vete pa' casa d' la pinga!

Si quieres dejar clara tu determinación y criterio propio hazlo: me sale de la pinga. En una bronca es lo primero que se reparte: ¡pinga pa' to' el mundo! Si cogen a alguien con la masa en la mano: le parten la pinga y el pene, en Cuba, se llama: pinga.

Pinga también significa sorpresa: ¡manda pinga!, resignación: ¡de pinga!, y desolación... En ese caso no se dice, se grita, vacía, sin acompañamiento: ¡Pinga!

El día 30 de junio de 2015, a las 12:00 del mediodía, ni más, ni menos, Roberto Ferrer Roca expiró su último suspiro. Nadie se percató del hecho. Ningún vecino, pariente, ni conocido. Nadie le echó de menos. Nadie, excepto Lenin.

El día anterior tuvo un dolor. Se tiró en la cama. Justo, el vecino del quinto, vino a traerle un buche de café pero él dijo: Viene a buscarme. Así dijo, sin que nadie se lo preguntara. Todo el mundo sabía quién venía. Nadie se preguntaba por qué. La mayoría de los vecinos ni siquiera se atrevían a cruzar el umbral de la puerta. Le faltaba un poco el aire. Justo le ofreció su inhalador. El salbutamol le ayudaría. Aspiró dos veces, con profundidad, pero el dolor no remitió. Los servicios sanitarios lo trasladaron al hospital. Según el médico de guardia tenía una simple contracción muscular por hacer sobreesfuerzo. Casi todos los días cargaba cubos de agua, tenía que hacerlo, y a su edad, ya no estaba para eso. Lo mandaron para casa. Él no quería, suplicó que lo dejaran allí; pero no quedaban camas libres. No era posible. Se fue como quien se enfila hacia el paredón. Se tomó el último trago de ron, se acostó y ya no se levantó más.

Al caer la tarde algunos vecinos vieron deambulando por el barrio a su hijastro retrasado mental, Lenin. Se veía atolondrado, ido. Hacía gestos de guillotina con la mano izquierda sobre su cuello mientras mascullaba: ¡Pinga!, pinga, ¡pinga! Parecía poseído. Era otro.

Lenin iba delgado, sucio, descalzo. Las uñas de los pies eran tan largas que apenas podía andar sin hincarse por debajo de los dedos. Daba tumbos, con torpeza y pesadez, con pereza. No miraba a ninguna parte, solo hacia adentro. El sol rajaba las piedras, pero Lenin no sudaba. Solo mascullaba y gritaba: ¡Pinga!, pinga, ¡pinga! Iba sin rumbo, perdido. Fue el único ser en el universo que sintió cuando se llevaron a Bobe.

Cuando Magda salió de El Progreso, con una pequeña cajita de caldo de pollo Avecrem, vio a Lenin gritando y rasgándose el *pullover* con tal fuerza, que se llevaba en sus uñas parte de la piel y los pelos del pecho.

–Chico, ¿qué pinga es lo que está pasando aquí? –le increpó al negro alto que estaba más cerca de Lenin.

–No se –reaccionó intimidado–, yo solo le pregunté cómo estaba y empezó a gritar: ¡Bobe se murió! ¡Pinga!, y a romperse la ropa, y a arañarse. Yo no le he hecho nada. Te lo juro.

–¿Qué te pasa Lenincito? –preguntó acercándose y mirándole a la cara–, ¿por qué estás tan empinga'o? ¿Esta gente te ha hecho algo? Dímelo porque aquí va a arder Troya. ¿Qué es eso de que Bobe se murió?

Lenin no respondió, solo la miró desconectado hasta que, de repente, volvió a gritar con más genio. Entre las pocas frases inteligibles que escupía solo sobresalían: *Bobe se murió* y *Pinga*. «¡Cojones!», pensó Magda, y una serpiente del círculo polar ártico atravesó toda su gordura y la apretó hasta provocarle temblores y sudores fríos. Podía dudar de si la sudación provenía del calor insoportable y pegajoso del mes de julio, del principio de la menopausia o de la que se estaba formando en ese momento al que llegaba gente de todas partes, pero no lo dudó ni un segundo: sudaba de miedo y de pena, de una inmensa pena y de un terror gigantesco. Cogió a Lenin por el brazo y con mucho cariño, casi susurrándole en el oído, le dijo:

13

–Vamos Lenincito, vamos a mi casa y me cuentas qué te pasa –nada más dar el primer paso, pisó una mierda de perro con una de sus chancletas, pero no blasfemó, ni sacudió toda su mole como de costumbre. No esta vez. En su lugar emitió un chasquido con la boca, apenas un rugido mordido y apagado y murmuró, agarrada a Lenin, mientras restregaba la chancla por las yerbas para quitar la mierda: –¡Qué asco de vida!

A esa hora el sol rajaba las piedras y no había donde guarecerse. Al principio Magda no dijo nada, dejó que Lenin se fuera tranquilizando poco a poco; como si pinchara una cámara de camión a punto de reventar y tuviera que esperar a que saliera todo el aire por un agujero diminuto y ruidoso. Fueron caminando agarrados del brazo, uno del otro, a lo largo de una larga plaza desierta con rastros de tierra roja perenne; traída desde cualquier campo cercano por los "nuevos" campesinos-mercaderes adherida a las frutas, las hortalizas y las viandas. Una plaza grande y vacía de intercambio de miserias: dinero sucio por comida sucia que con suerte, después de lavada con agua sucia, parecería hasta sana. Una plaza a la que siguen calles indisciplinadas que no se sabe muy bien donde empiezan y donde acaban, ni de donde vienen y hacia donde van; calles siempre protegidas por crotos y cardonas; calles rotas por trillos de caminar que imponen una urbanidad siempre a medio construir y a medio destruir.

Alamar es así. Todos los edificios parecen el mismo; tanto como un perro sarnoso se parece a otro. A las cardonas los vecinos las llaman "ataja negros". Dos de cada tres personas que transitan por estas arterias improvisadas son mulatas, jabás, blancas, indias, mestizas y negras; sin embargo, a esas plantas repletas de espinas largas y punzantes no les llaman ataja mulatos, ataja jabaos, ataja blancos, ataja indios, mucho menos ataja mestizos, sino ataja negros.

En Cuba las cosas son así. La corrección política no es su fuerte. No hay afroamericanos, ni gente de color. Hay una gama de degradación formal que empieza en el blanco y termina en el negro. Cuanto más oscura, más ofensiva y vergonzosa. Los impenetrables muros de cardonas sustituyen el alambre de púas. Dicen que espantan la lluvia, pero la siembran para espantar a los negros y en su defecto: atajarlos.

Magda le dio un durofrío que compró por un peso. Lenin se lo metió en la boca sin rechistar y empezó a morderlo, más que a chuparlo. Tenía hambre. Tenía el estómago vacío, el pecho oprimido y los ojos perdidos. No era él. Estaba como poseído por un inmenso agujero. La tristeza es enorme, es mucho más grande que esa plaza sucia, que todo el barrio, la capital o el país. La tristeza no tiene límites. Algo brutal y desconocido se tragaba a Lenin. Algo inexorable, sin retorno, ni piedad. Lenin era como un cuerpo sin alma: automático, mecánico, defectuoso. Como aquellos edificios, como aquellos caminos, como aquel barrio, aquella capital, aquel país.

Apenas diez días antes de que Bobe se despidiera de un infierno y partiera al otro, Gigi, la madre de Lenin y mejor amiga de Magda (según Magda), había muerto de una trombosis en el Hospital Naval de la Habana del Este. Magda fue la última en decirle adiós; era la que tenía su mano entre las suyas cuando ésta abandonó el limbo para siempre. No sirvió de nada agarrarla más fuerte. Se fue y se llevó parte del aire de la habitación, parte de todas las cosas inorgánicas que le rodeaban. Dejó un extraño vacío.

Gigi llegó al cuerpo de guardia con el cuerpo lleno de garrapatas, la cadera rota y una demencia senil que le hacía apartar moscas o mariposas por todas partes. Uno de esos días de apagón tropezó con uno de los casi veinte perros callejeros que acogía en su casa y se partió la cadera. Ese fue el detonante.

Los viejos mueren por una de las tres C: Cabeza, Cadera, Corazón. Gigi murió por las tres; en ese orden. La primera de sus muertes fue lenta y penosa para el resto de su familia. La segunda fue expreso y llevadera. Pasó casi diez días postrada en la cama, meándose y cagándose encima, mientras Bobe se emborrachaba y Lenin no paraba de balancearse en su sillón de siempre: desfondado, despintado, desconchado, pero "su" sillón, su trono (nadie se atrevería a dudarlo; podría terminar muy mal), frente a un televisor a medias entre la falta de imagen (había destrozado la antena una vez más) y la falta de contenido (de ese destrozo se encargaba la programación oficial). La televisión, el mundo de Lenin, es para él como una pecera sin peces, un cuadro sin pintura, una ventana con vistas a un lugar ridículo y ficticio. Pero es su vida ajena a los perros, el hambre y la locura. Durante aquellos largos días penosos, solo algún vecino se atrevió a traerle algún caldo de huesos de pollo a los dos, cuando Bobe no estaba. La tercera muerte fue rutinaria. No podía más.

La máxima preocupación de Gigi, su mundo, era los perros: –¿Ya comieron? ¿Dónde está el maricón de Bobe? ¡Booobe! –gritaba por gritar, para no perder la costumbre. Pero Bobe ya no aparecía. Estaba demasiado ocupado malgastando los dólares que Valentina mandaba; alardeando de su estupidez frente a otros igual o más cretinos que él, que le reían la gracia y brindaban por un futuro ni mejor, ni peor, sino igual; por algo incierto, que habían olvidado.

Madga llamó por teléfono a cobro revertido para avisar a Valentina, la única hija de Gigi. Bofe se niega a llevar a tu madre al médico, le dijo y a continuación le sugirió, aunque sonó más como una recriminación que como una sugerencia, que si quería ver a su madre en vida debía cruzar el charco cuanto antes. Valentina no tenía el pasaporte en regla. No tenía previsto volver a la isla en los próximos veinte años; pero esto era una improvisto de esos que sabes que ocurrirá, pero esperas que no ocurra. Le era imposible llegar en menos de diez días. Al final Axila, la vecina del afectado contiguo, dio el chivatazo, primero a la policía y después a Magda, impulsada por el mal olor. No vino la patrulla, sino una ambulancia.

El primer camillero que entró, vomitó nada más entrar en su habitación. La escena era dantesca. Al final se pusieron mascarillas y un traje especial y la trasladaron en una camilla. Lenin los siguió, pero no lo dejaron montarse. Se quedó ahí, solo, en la calle gritando: ¡Pinga! ¡Voy a matar! ¡Pinga! ¡A matar!

Nadie le hizo caso. Bobe llegó arrastrado por dos compañeros que, por lo menos, podían andar. Lo tiraron como pudieron sobre la cama apestada de todo y se largaron sin más. Estaba inconsciente; incapaz de saber si era de noche o de día, si estaba solo o acompañado, limpio o sucio, vivo o muerto.

A Gigi tenían que operarla. No podía seguir así; pero era imposible en esas condiciones. Tenía escaras y garrapatas por todas partes. Parecía un cadáver antes de morirse; hablando incoherencias y matando insectos invisibles. Magda estuvo con ella todo el tiempo. Apenas la dejaba unas horas por la mañana para volver con sábanas y toallas limpias (en el hospital no había) y algo de comida (también brillaba por su ausencia; no había ni siquiera para los médicos). A los dos días Bobe resucitó. Valentina llamó y, por fin, pudo hablar con él. Fue tal la bronca que le echó, que dejó de beber y apareció por el hospital bien vestido, peinado y sobrio. Magda no le dirigió la palabra. Mejor que ni te vea, le aconsejó retorciendo los ojos y él huyó espantado. Tenía miedo. Era un simple cobarde con aires de valiente, poca cosa. Pero esta vez un pánico inexplicable le llegaba de otras dimensiones como una tormenta tropical ártica silenciosa de categoría 5.

Por mucho que Valentina pagó una barbaridad para agilizar el trámite, su pasaporte no llegó a tiempo. El consulado es ajeno a las inclemencias humanas. Así castigan los burócratas a los disidentes. El consulado es una auténtica fábrica de disidentes.

Valentina llamó a Magda para avisarle de su retraso. No se cuando llegaré; aún no tengo el pasaporte. No hace falta hija, tu madre falleció al mediodía. Valentina se quedó en silencio, como alguien que no se cree lo que acaba de oír, pero sabe que es del todo cierto e irreversible, como si pudiera decirle al consulado que no hace falta que se apure sino que, por el contrario, que ya no tiene prisa, que puede ir todo lo despacio que saben, que incluso los funcionarios pueden escribir con los pies si quisieran o pensar con las manos, como si el alivio que le suponía la pérdida doliera más de lo que había sopesado, como si el ojo de la culpa se posara en ella. Cuando lo tenga iré directo para la casa, respondió a la sentencia y colgó para no tener que decir nada más. Pero sí hacía falta. Lenin la necesitaba. Lenin solo podía necesitar.

Toda palabra era ya una palabra desperdiciada. Había tenido muchas palabras con su madre. La mayoría malas. No palabras groseras, sino palabras feas, de esas que nunca debieran de ser pronunciadas. Palabras de reproche. Palabras negativas, dañinas. Palabras que existen por puro equilibrio. Para que las otras positivas tengan sentido.

Las últimas palabras fueron: ¿Sabes qué? Ya no estoy disgustada, ni encabronada contigo. No. Lo que estoy es decepcionada. Esa es la palabra que mejor define cómo me siento. Estoy tan decepcionada, que ya no te quiero. Su madre se quedó en silencio al otro lado de la línea, del Atlántico y de la razón y Valentina repitió la frase para asegurarse de que era eso lo que sentía: Ya no te quiero.

Gigi empezó siendo un viento incómodo y terminó como un huracán que arrasaba todo lo que se interponía en su camino; incluida su vida y la de sus hijos. Roberto Ferrer Roca no fue una buena idea: demasiado bruto, demasiado borracho; pero solo fue una consecuencia, no una causa. Gigi solo buscaba, o encontraba, aquello que la hundiera con más fuerza en el abismo del delirio. Bobe no fue una buena opción, pero Gigi elegía solo la peor de las más pésimas opciones. Gigi era una kamikaze. Valentina tiró la toalla. Se cansó, se casó, se fue y se olvidó.

Siguió cumpliendo con su deber de hija, forzada por su obligación de hermana. Madre solo hay una, es cierto, pero las madres no se escogen y la que le tocó fue justo la que nunca elegiría de poder hacerlo. Por mucho que se martirizara pensando en lo mala hija que era, no encontraba ni una razón, ni un recuerdo, por el cual mereciera la pena salir de nuevo del mismo vientre. Lenin no tenía la culpa. Pero el agujero sin fondo de Gigi, el ojo del tornado, arrastraba a Valentina sin piedad, sin misterio, sin misericordia. Su madre le saqueó, le robó, le estafó, le mintió. Todo... para nada.

Era algo difícil de asumir, imposible de desahogar; increíble, en definitiva. Son los hijos los desagradecidos, los especuladores y torturadores, los malos de la película, no las madres. Las madres cuidan de sus hijos, los amamantan primero, les enseñan después, los vigilan por siempre. Las madres son ángeles de la guardia reencarnados en progenitoras.

Madre solo hay una. Por eso le dedican un día al año; para que no se olvide. Por eso algunos les componen canciones y otros se la tatúan en el pecho o en la espalda.

Valentina colgó el teléfono y lloró y lloró; no por la muerte de su madre, sino por su insoportable decadencia. Sintió que algo de sí se desconectaba del resto del mundo; como un satélite de un transbordador. Como si estar libre para volver a nacer, doliera más que morirse. Como si, a pesar de todo, el sumidero sin fin hubiera agotado toda su energía y se disipaba sin remedio. Sintió un dolor que no parecía suyo, sino de Lenin; la desesperación ante lo sublime, ante algo tan gigantesco y desconocido. No hace falta, dijo Magda, pero ¿qué va a pasar con él? Ahora es cuando único hacia falta. Lloró y lloró hasta que Magda llamó de nuevo:

–Ay mija, se ha muerto Roberto –y dijo Roberto, ella que siempre le llamaba Bofe, no con respeto, sino con miedo, con susto a desaparecer ella también solo por decir algo impropio–. Tienes que venir corriendo. Lenin está solo –. Era una buena noticia cargada de malas noticias.

Gigi falleció en el hospital, pero Bobe tuvo que hacerlo en casa. No le quedó otra. En cuanto Magda regresó con Lenin pudo comprobarlo con sus propios oídos. Le gritó desde la puerta de la calle. No respondió nadie. Lenin insistía pasándose la mano por el cuello: Mira... muerto. Maté . Magda se asomó. Pudo ver los pies inmóviles en la cama y los perros ladrando y gruñendo rabiosos a su alrededor. Allí estaba, en el lecho, tirado como un bulto, como un perro, como lo que siempre fue para ella, que ahora no se atrevía a repetir. Bofe era uno más de los casi veinte perros que formaban la manada. A lo mejor se lo estaban comiendo. No entres Lenincito, por tu madre, le ordenó nerviosa arrepintiéndose de inmediato y a medias de lo que decía. Subió con toda la prisa que pudo a su casa, seguida de Lenin y avisó a la policía. Después se lo contó a Axila. En menos de cinco minutos el barrio entero parecía un hormiguero espolvoreado con azúcar glas. Todos querían ver y opinar. Todo el mundo comentó, no los hechos, sino su interpretación de los hechos; pero nadie, nadie en absoluto, se atrevió a cruzar el umbral de la casa. La policía tardó casi dos horas en llegar. Junto con ellos vino una brigada criminalista. Una mujer fuerte, musculosa, de estatura media, caderas anchas, pechos escasos y bien puestos, pelo castaño con mechas blancas cortado por capas y ojos pardos, se presentó ante Madga en representación de la comitiva.

–Mi nombre es Danger –dijo tendiéndole la mano–. Soy la criminalista que atiende el caso –Magda puso cara de asombro al oír la palabra "caso" pero no dijo nada. Para ella era un asunto sencillo de justicia divina. Era, tal cual, lo que Bofe se merecía. Gigi sabía que no podía dejar solo a Lenincito con él. Eso era todo. Pero Danger debía averiguar qué pasó en realidad. Ese era su trabajo. Le hizo muchas preguntas: ¿Cómo era Roberto Ferrer Roca? ¿Tenía enemigos? ¿Amigos? ¿Cómo era la relación con la difunta? ¿Buena, mala, regular? Fue como encender un ventilador en un estercolero. Magda se despachó a gusto. Tuvo más de una hora de gloria defecando por esa boca, que por una vez era bien atendida. Al final, después de un rato muy largo, un mulato de ojos verdes saltones, salido de CSI Los Ángeles, interrumpió la confesión que había dejado de ser un interrogatorio preliminar. Danger se disculpó con educación:

–Bueno... –pronunció buscando el nombre de su interlocutora en sus notas– Magda. Eso es todo por ahora. Muchas gracias por su colaboración. Seguiremos en contacto –dijo entregándole en mano una tarjeta de presentación tal y como había visto tantas veces en las películas de detectives y los seriales que venían en el paquete.

Luego se fueron sin más. A Magda le llamó la atención que no le llamase compañera, pero desde hacía rato los tiempos ya no eran como los tiempos de antes. Era solo cuestión de desacostumbrarse. Se asomó por el balcón para ver como la dura y discreta inspectora se subía a un Lada 2105 blanco con el mulato de ojos de sapo principesco y otro flaco muy alto y pálido que ejercía de chofer. «Se acabó el querer», pensó Magda.

Según la "confesión" voluntaria y profusa de Magda, Gigi era muy buena persona, pero los años le habían jugado una mala pasada. Había perdido la cabeza. Bofe la trataba mal.

En realidad ocultó, por alguna impulsiva e inexplicable razón, que los dos se trataban peor; pero lo cierto es que no declaraba bajo juramento, sino bajo el deseo irresistible de vomitar el prójimo sobre el prójimo. El pobre Lenin solo cobraba las consecuencias de toda la violencia doméstica y ambiental. Gigi tenía una hija en Europa llamada Valentina. Ninguno era hijo de Bobe. Eso está claro, le dijo Magda a Danger, que no entendió la evidencia, así que tuvo que explicarse mejor. Valentina y Lenin son como Gigi, blancos. El padre de los dos, que en paz descanse, falleció hace un par de años de un infarto, aunque llevaban ya más de veinte separados. Valentina se ocupaba de ellos. Eso me consta.

Después de esa afirmación, Danger levantó de nuevo la cabeza de su libreta para encontrar alguna respuesta que explicara porqué vivían entonces en la indigencia. La demencia compañera, justificó Magda leyéndole el pensamiento. Esa niña le mandaba su dinero con religiosidad y Bobe, esta vez le llamó por su apodo neutro, lo despilfarraba con sus borracheras y sus amigotes. Aquí Magda también ocultó, de manera deliberada, que Bobe derrochaba solo lo que era capaz de arrancarle a Gigi, una parte ínfima del botín; aunque diera para muchas botellas de alcohol mal destilado. Era Gigi la gran botarata, la mano rota, la viva la pepa. El dinero, en sus manos, salía mucho más rápido de lo que entraba; quemaba.

A Magda le pareció que la oficial había estado muy atenta a su valioso testimonio, sin caer en la cuenta de que Danger tenía un don especial para parecer que hacía una cosa cuando, en realidad, hacía otra, y que, por otra parte, ella había repetido lo mismo una y otra vez sin aportar nada nuevo y mucho menos útil. Todo no eran más que chismes de barrio que solía restregar y manosear con Axila; la única en todo el vecindario que la soportaba porque, teniendo toda su confianza, era más fácil compartir la cama con su marido. Pero eso Magda aún no lo sabía.

Lenin permaneció en su sofá hasta que cayó la noche. Después de darle un buen plato de arroz y frijoles, le enchufó una pastilla de meprobamato, lo devolvió a su casa y lo encerró con llave; para que no se escapara o le fuera a pasar algo. Después, regresó a su casa con cara triste.

Magda dijo: Tienes que venir corriendo, como si llegar "corriendo" dependiera de Valentina, como si pudiera ponerse las botas de siete leguas y plantarse en Micro X, Alamar, sin que la olfateen, registren y requisen, en emigración. Valentina sintió pavor, vértigo, desesperación. ¿Qué va a pasar con Lenin ahora? Se vistió y salió con prisa al consulado por aquellas calles de piedras y adoquines anquilosados.

Llovía. En Lisboa llueve de vez en cuando con un cielo gris que anima a sentir aflicción. Pena por uno mismo o por quien quieras. Da para todos. Tristeza que algunos se atreven a cantar; no para digerirla, sino para saborearla. Pero Valentina solo siente frío. Un frío impropio de esta época. La poética de los fados, que conoce bastante bien, se manifiesta en su total desolación. Las cosas suelen ser varias cosas a la vez, pero se ocultan tras las circunstancias. Solo sacan sus caras según se las mire. Se esconden para sorprenderte. Por eso asustan. Están ahí para amedrentar.

En el consulado, una funcionaria cansada le dice que aún no ha llegado la valija diplomática en la cual, se supone, debería venir su pasaporte de oro. Valentina se desahoga, con toda la educación y mesura que puede, hasta lo permisible. Sabe que eso no puede acelerar el viaje del documento. Sabe que nadie tendrá, ni pagará, culpa alguna. Sabe que solo sirve para desahogarse y empeorar las cosas. Al final desiste.

Al salir pudo oír como la funcionaria cansada se quejaba a su compañera. ¡Di tú! Esta gente no entiende... Como si una tuviera la culpa. Le he dicho que vuelva la semana que viene y me ha puesto cara de circunstancias. ¡Cómo si pudiéramos hacer algo! Terminó la frase en plural como si todos fuesen igual de víctimas, como si todas las víctimas fuesen iguales. Como si no supiesen quién tiene la culpa. Como si no supiesen quién paga la culpa. Como si no supiesen que se irá mordiéndose la boca y clavándose las uñas. Como si no les diera lo mismo.

En Cuba, si tiras una piedra en la tierra, crece un árbol. El suelo sedimentario y arcilloso derrocha fertilidad. Los guanábanos, piñales, mameyes, guayabos, papayos, caimitos, mamoncillos, tamarindos, corojos, parras cimarronas y mangos, entre otros frutales, crecen con natural espontaneidad. Sin embargo, la Revolución, en vez de inundar la isla de árboles, la ahogó con mártires y héroes que, por mucho que los rieguen, no alimentan; la empantanó hasta el aburrimiento, el delirio y el colapso, con promesas de futuro utópico-paradisíacas; sacrificó cualquier presente por un tímido y escurridizo futuro que, casi sesenta años después, sigue sin asomar la cabeza. La construcción devino en destrucción. Según Enrisco:

> Primero destruyeron los símbolos del poder anterior: los cuarteles, los casinos, los parquímetros. Luego le tocó el turno al lujo: las mansiones, las grandes fincas, los campos de golf, los clubes sociales. Más tarde cayeron barrios enteros, ciudades. Y entonces sobrevino el derrumbe de la poca mierda que ellos mismos habían construido. Alguna vez se hicieron llamar materialistas pero si algo siempre los distinguió fue una saña incomparable contra la materia.

La idea contra la materia. ¿Esa es la cuestión? Al final resulta que el supuesto materialismo era puro idealismo populista o populismo idealista. Ni siquiera es eso porque las ideas se fueron transformando según algunos países amigos se fueron y otros enemigos llegaron, según el mundo siguió su curso, ajeno a la enajenación y la exaltación patriótica e ideológica de la isla. Las mesas redondas de la televisión se llenan de ideas desnutridas y las mesas cuadradas, o rectangulares, de cada casa se vacían de materia alimentaria.

A Magda no le falta comida porque su marido la desvía. No la roba. "Robar" es muy feo; de tanto uso ha caído en desuso. Su marido "resuelve". Desde hace ya más de dos décadas trabaja como auxiliar de cocina para un hotel exclusivo al turismo extranjero. Allí no se roba, se resuelve. Así que Lenincito pudo cenar esa segunda fatídica noche de muertes, como no lo había hecho en años, gracias al patrocinio indirecto del Estado.

Tan pronto Magda dejó a Lenincito cenado, acostado y encerrado, agarró el teléfono y llamó a Axila:

–¿Qué bolá mi amiga?

–Me coges en pleno trajín, pero dime.

Axila está tumbada boca abajo en la cama con el culo en pompa. Una mano larga recorre su espalda curva arriba-curva abajo mientras un pene todavía algo flácido se restriega entre su labios, la vulva y el ano

–¡Dime! –continuó la conversación Axila, como si la hubiera dejado en alguna parte– ¡Viste que buena la serie!... Tú verás como se queda con él. Tú verás –el hombre mira su enorme culo mientras piensa: «¡¿la serie?!».

–Oye mi amiga, ¿a ti no te pareció conocida la cara de la forense?

–Claro chica, ella vive en el bloque que da al patio de la escuela... Ahí mismo... enfrente –El hombre al reconocer la voz del otro lado del auricular sufre una erección súbita y se mete dentro ella. Axila aguanta la respiración para no delatarse y empuja hacia atrás con todas sus fuerzas. La llamada aumenta la excitación a tope.

–¡Aaahhhhhh, ya decía yo que su cara me era conocida!

–Tendrás buena memoria porque a esa niña, bueno... –dijo como sinónimo de «es un decir»–, jamás se le ve el pelo.

–Bueno, ¿qué?

–Na', muchacha, que dicen que es... tú sabe'... pan con pasta –Axila empieza a sentir cosquillas hasta en los carcañales. La misma mano pellizca con suavidad una nalga y le da un pequeño manotazo. Axila se retuerce.

–Ya me parecía a mí. Muy fuertecita ella. ¡Coño!, ¡y eso que es oficial del Ministerio del Interior! ¡Como ha cambiado esto, chica!

–Los nuevos tiempos a golpe de Reggaetón. ¡Échame el pellejo pa'trá! ¿Quién te lo iba a decir? –El hombre se mueve con más ímpetu. Quiere cambiar de agujero pero ella se lo impide y aprovecha el movimiento para estirar el brazo hacia la cara, agarrarle la boca e intentar meterle los dedos hasta la garganta.

–Ay chica que chusmería. ¡Qué asco de vida!

Axila se ríe para que no se note que está a punto de chillar y se despide con prisa.

–Oye, mi amiga, tengo que dejarte que tengo una cosa en el horno.

–Yo también. ¿Dónde cojones se habrá metío el singa'o de mi marido? ¡Mira la hora que es?

–Ya debe estar al llegar, tú vera –se despide de su amiga y se viene gritando:– ¡Pinga! ¡Pinga! ¡Pinga! ¡Abusadol!

El tipo eyacula dentro y se retira como un muelle en cuanto se afloja su pene. Me voy pitando, cojones, que si no, la gorda se va a dar cuenta. Se mete en el baño y, en menos que nada, sale de la casa corriendo. Por suerte se han robado la bombilla de la escalera. Así que aprovecha. En esa oscuridad ni siquiera es posible atrapar a un albino. Todo es negro. Todos son negros. Todo está negro.

Axila dijo "horno". Fue una acto fallido. Su horno estaba ardiendo con esa leña dentro. Pero Magda dijo: "yo también"; como si ella "también" tuviera horno. Las dos lo saben. Ninguna tiene. Pero es un decir, llamar a la cocina de alcohol o a la olla Reina horno, es solo otro eufemismo inofensivo; más bien, compasivo. Axila dijo: "Échame el pellejo pa'trá. ¿Quién te lo iba a decir?" y se podía referir a un himno, que suena en todas partes en estos nuevos tiempos de la patria, pero también podía dirigirse al hombre que la montaba. «¿Quién te lo iba a decir, Magda? Que ibas a hablar conmigo, con tu amiga, mientras me singo a tu marido».

Son las consecuencias del oportunismo semántico. Cuando el lenguaje está contaminado a la perfección y no avanza, la polisemia triunfa. Todo está reducido a un léxico básico y confuso, donde el significado de cada cosa ha sido saqueado, rebajado a la insignificancia, donde nada significa todo y todo significa futuro y el futuro se ha desprendido del diccionario. El futuro cogió una balsa y se largó. El futuro se casó con un término extranjero y se largó. El futuro se quedó en una misión. El futuro emigró donde nadie jamás pueda oírle, ni reconocerle; donde no haya consulado, que no reconozca su libertad de movimiento.

Magda acababa de limpiar la casa. Iba a ponerse a cocinar, pero el teléfono le interrumpe. Tuvo la intención de no descolgar sin saber muy bien por qué, pero también, sin venir a cuento, cambió de idea.

–Diga.

–Hola Magda, soy Tina.

–¿Qué taaal, mi amooool?

–Bien. Imagínate.

–Ay chica.

–Me siento como una fiera encerrada en una jaula esperando la llave para meterme en la jaula de la jaula.

–¡Qué asco de vida! –dijo y soltó una carcajada a medias entre el gruñido de un cerdo y la tos de un asmático.

–¿Qué tal está mi hermano?

–Figúrate. Está calladito todo el rato y cuando uno lo mira, o le va a dar algo, se pasa la mano por el cuello y dice: Mi mamá ¿cuándo viene?, y yo le explico: Mira Lenincito, tu mamá no puede venir, pero él sigue, como si nada. Ay chica, me parte el alma. ¡Como echo de menos a mi amiga! –terminó la frase con la voz rota y se echó a llorar–. Encima –continuó sollozando–, le pregunta a cualquier vecino que ve por ahí lo mismo y muchos le dicen que viene pronto. Imagínate, la gente no sabe qué hacer y le dicen eso.

–¿Dónde está durmiendo? ¿En su casa?

–¿Dónde va a dormir?

–¿Está solo con todos esos perros?

–No. Yo me aseguro que se quede tranquilito en su cama, pero aquí no lo puedo tener. Esta casa es muy chiquita, aquí no hay espacio, y yo tengo que empezar a trabajar porque si no, no voy a tener la jubilación completa. Pero hace falta que vengas Valentina porque Lenincito va a acabar con la casa. Se levanta por la madrugada y rompe todo. Yo lo dejo encerrado que Gladis, la vecina del quinto, me prestó un canda'o para que no abra la reja, pero cualquier día la arranca. ¡Qué fuerza tiene ese muchacho! Imagínate... Tú sabes como está todo aquí. ¡Ay, esto me va a matar!

–¿Y los perros?

–Él mismo botó a todos los perros desde el primer día, pero se iban y después regresaban por la noche. ¡Qué cosa más grande! Al final llamamos a la perrera para que se los llevaran. Me costó un disgusto con Mireya, la de los bajos. Ella es muy perrera, como tu madre. Me llamó asesina y to' la muy fresca.

–¿O sea, que ahora en la casa no hay ningún animal?

–Si, ya no hay nada, y además vinieron de sanidad a fumigar contra las garrapatas: dos veces.

Después de más de media hora de teléfono con Magda y otra media hora larga con Lenin, Valentina por fin pudo colgar. Magda la atormentó. Lenin la estranguló. Ella quiso tranquilizarlo. Él la amenazó con matarse. ¿Para qué vivir solo? ¿Para qué vivir en este mundo que ya no era mundo?: Estoy viejo, le dijo. No quiero vivir más. Quizá era su forma de decir: No quiero vivir solo, no se vivir solo, pero parecía tenerlo claro. Así no tenía sentido.

Valentina lloró sin consuelo; pero no de dolor, sino de una mezcla rabiosa de cosas. Estaba furiosa con su madre. No por perder la cabeza, sino por haber arrastrado a Lenin con toda su locura. Por haberlo sacado del internado en su momento. Por no haber pensado que algún día se haría viejo y estaría solo. Por haber sido tan irresponsable, ingrata y estúpida. Por haberse muerto. Estaba furiosa con el gobierno. Por someter a la gente a esa vida de perros. Por su prepotencia, indolencia, arrogancia, ineficacia y burocracia. Por su hipocresía. Tanto que alardeaban de su sistema social, de su preocupación por los más necesitados, y ahí estaba su hermano a la deriva a punto de hacer una estupidez irreversible sin que nadie, ni un solo trabajador social, ni un solo militante, ni un solo responsable, apareciera para darle un plato de comida. Estaba furiosa con ella misma. Estaba furiosa porque apenas podía responsabilizarse con su vida, como para responsabilizarse con la de los dos; nada menos que con varios océanos de por medio. Estaba furiosa por la impotencia. Nunca podría llevarse a su hermano con ella. No podría obtener ni permiso de salida, ni de entrada. Nadie lo aceptaría. Ningún país necesita a alguien así. Pero aún, aunque sí pudiera, aunque le dieran todos los permisos transoceánicos del mundo, no podría cuidarlo. No podría dejarlo solo para irse a trabajar y si no trabajaba, ni uno ni el otro. No podría condenarle a dormir en un sofá. No podría pagarle un buen internado, donde gente desconocida y extraña pudiera atenderle como necesitaba. No podría acogerlo. Lenincito era como un residuo social cuya vida, ella, de alguna manera, debía solucionar. Estaba furiosa con Magda y con todos los vecinos porque nadie quería hacerse cargo del "muerto" mientras llegaba su estúpido pasaporte. Estaba furiosa porque, a la vez, debía estar más que agradecida porque no le dejaran morir de inanición y porque lo encerraran para protegerle. Porque todos tenían ya sus propios problemas para respirar como para encargarse de los problemas de los demás. Porque todas las amistades de su madre, todas esas que tanto la querían y no la dejaban sola, todas esas que inundaban la casa en las buenas, desaparecieron en las malas sin dejar rastro. Estaba furiosa porque no podía culparlos; ni siquiera podía culparse a sí misma. Estaba furiosa por esos estúpidos nombres rusos que les pusieron. Ni su hermano es un ideólogo, ni ella es cosmonauta. Ni son del partido comunista ni, no solo no se han beneficiado de todas esas bondades prometidas, sino que, por el contrario, han tenido que padecerlas. Ahí están los dos, solos, marginados, apestados. SOLOS.

–Necesito pedirte un favor Magda, solo uno –dijo antes de colgarle–. Por favor... No dejes que a mi hermano le pase nada. Ya veré yo como arreglo las cosas. Yo te pagaré lo que sea.

–No me faltes al respeto Valentina –fue su contundente respuesta–, que la única amiga de tu madre de verdad aquí soy yo. Yo hago esto de corazón. Ojalá pudiera hacer más, pero tú sabe como es esto –había cogido carrerilla. Algo la empujaba a defenderse de ningún ataque, pero se echó a llorar otra vez.

–No me entiendas mal Magda. Solo quiero que Lenin esté lo mejor posible. Te estoy muy agradecida por todo y te estaré agradecida el resto de mi vida por lo que has hecho. Yo llegaré en cuanto pueda y solucionaré lo que pueda.

–Cuenta conmigo. Yo te voy a ayudar en lo que haga falta.

–Gracias Magda, de verdad. Gracias, mil gracias –fueron sus últimas palabras antes de colgar y desplomarse en llanto.

–Jefa, tengo el informe preliminar del laboratorio central del Caso-Pinga –soltó el repeinado de English nada más ver aparecer a Danger por la unidad. La "jefa" lo miró inquisitiva. No le gustaban "las" bromas, ninguna; peros esas básicas, estúpidas, poco éticas, sin gracia... mucho menos. Él lo sabía. Lo sabía más que de sobra; pero no podía evitarlo. Quizá era su manera de sobrellevar el trabajo o de mostrarle cariño, pero no debía sobrepasarse; no con su "jefa"–. Disculpe jefa, era solo una broma.

–¿Preliminar?

–Si, porque falta un compuesto para hacer la prueba de ADN, pero no hay ningún indicio de estrangulamiento. Ni una sola huella de Lenin en Roberto. Él no pudo haber sido. Eso es seguro.

Si Roberto hubiera fallecido en el hospital jamás se hubiera abierto la posibilidad de un "caso" pero no le quedó otra que hacerlo en casa y, encima, bajo extrañas circunstancias. Era un hombre mayor, más o menos sano; al menos no más enfermizo que la media. Su único vicio era el alcohol, pero ni siquiera le había producido daños biológicos considerables. Era el mismo vicio, de hecho, que el del médico de familia y allí seguía.

Lenin se convirtió en sospechoso por derecho propio. Fue el primero en ver al finado. Vivía con él. Estaba perturbado por el fallecimiento de su madre apenas diez días antes. Era un disminuido psíquico. Nadie tenía ni idea. Solo él podía saber lo que pasaba de verdad dentro de aquella casa. Pero no era posible. Eran solo las circunstancias las que lo inculpaban. Lenin gritó: ¡Pinga! ¡Voy a matar! ¡Pinga! ¡A matar!, cuando se llevaron a su madre. Nadie le hizo caso. Después, cuando falleció Roberto, Lenin gritó: ¡Bobe se murió! ¡Pinga! Esta vez cundió la alarma. A Magda le dijo: Muerto. Maté. Pero para Lenin «matar» no podía ser, con absoluta literalidad, matar. Quién sabe que signo representaba "matar" en su reducida biblioteca de símbolos, pero nadie, excepto el sistema legista, habría podido imaginar o suponer que Lenin pudiera matar a nadie, ni siquiera a Bobe. Sin embargo, la posibilidad de culpabilidad no la sugirió la propia investigación, ni ningún indicio, sino Axila, la vecina del afectado de al lado, su vecina.

Roberto Ferrer Roca no era el residente más apreciado del vecindario. Era un cretino alardoso, bocón, pesado, "llegado de Cienfuegos" con acento oriental, con ínfulas de ser más revolucionario que Fidel Castro y más papista que el Papa. Bobe era un Bofe en toda regla. Mucha gente le acusaba de aprovecharse de Gigi que era, por lo menos, quince años mayor que él. Le reprochaban que no se ocupara de ella, que malgastara los dólares que le mandaba su hija. Magda juraba a sus espaldas que la maltrataba. Pero Magda juraba cualquier cosa en nombre de cualquiera. Su *hobby* favorito era la injuria: una variante venenosa del chisme. Ella juraba y el resto del mundo daba por hecho que, detrás de tanta seguridad, en sus afirmaciones solo podía estar la confesión de Gigi. Pero no eran más que una buena colección de chismes malos. Un puñado de especulaciones y rumores muy parecido al que cualquier habitante de Micro X, Alamar, debía arrastrar de por vida.

El chisme es el deporte nacional. La descalificación, la patraña, el cuento, el daño, es el mayor divertimento del pueblo después de las telenovelas. Es una forma de vigilancia.

«Piensa mal y acertarás». Esa es la consigna del barrio. Es mucho más fácil pensar mal que pensar bien; no pensar, que pensar. Es bueno estar ocupado en las pequeñeces cotidianas, antes que en los delirios enrevesados de estado. De eso se encargan todos con suma voluntariedad: los unos y los otros. Se podría decir que es un divertimento. Hacer daño a la reputación de cualquiera es una manera de pasarlo bien porque desde hace ya muchos años, tantos que nadie es capaz de recordar, nadie conserva su reputación intacta. Todos han robado. Todos han delatado. Todos han delinquido. Todos se han rebajado.

No hubo muerte violenta. Se podría decir que la guardia operativa no fue, con exactitud, a levantar un cadáver. Más bien, los enviaron para hacer un reconocimiento "por si acaso", porque el chivatazo de una vecina lo exigía. Los mandaron por si eran capaces de distinguir algún indicio de un posible asesinato. Gigi padeció de insuficiencia cardiaca, pero Bobe no. No era "normal" que un hombre más bien sano, muriera sin más, diez días después de que falleciera su esposa, a causa de un fallo cardiorrespiratorio. Su "fallo" letal no pudo ser producto de una progresión. Tampoco fue diagnosticado nunca de insuficiencia respiratoria. Era solo sospechoso aunque tampoco destacable, "anormal". Ahora estás, ahora no estás. Parecía cosa de magia, de magia negra.

–¿Qué hacemos jefa? –preguntó English curioseándole las puntas del pelo con sus ojones verdes.

–Cierra el caso –ordenó Danger tajante. En realidad debía decir: Cierra el expediente abierto porque caso, lo que era caso, no había, pero English entendió el mensaje palabra por palabra: Nosotros no tenemos ya nada más que hacer. Se acabó. A otra cosa, mariposa.

Danger regresó tarde a casa, como siempre. No tenía guardia, así que podía pensar en algún plan y no podía dejar de pensar en Sofía. Sofía era su plan. Descolgó el teléfono y marcó su número. Dejó que el teléfono sonara diez veces seleccionando qué debía decir. A punto de colgar, una voz masculina descolgó del otro lado: Oigo... Oigo, avisaba con prisa para que, quien fuera que llamase, pudiera hablar. Pero Danger colgó; no era con él con quien quería hablar. Sabía a quien pertenecía esa voz de flauta: a un oficial de la seguridad del estado que trabajaba en la Subdirección Administrativa del Instituto de Medicina Legal. Un trepa llamado Camacho que se creía Sergio Corrieri con sobrepeso. Nunca le cayó bien. Ahora no lo podía ni oír. Era el marido de Sofía.

Se fue al balcón y, después de un rato, propinó unos tirones a la barandilla que amenazó con ceder a su rabia y lanzarse con ella al vacío. Tenía ganas de gritar, pero se contuvo. Podía hacerlo con total impunidad. Nadie lo hubiera notado. A esa hora todavía la sinfonía comunitaria de reggaetón, televisores y voces, ponía a prueba cualquier ley de ruido. Se fue a la cocina, cogió una botella de ron y se dio un largo y abrasador trago. Después se sentó en la absoluta obscuridad y sus ojos se aguaron.

Había perdido. No sabía perder, pero si reconocerlo. Por muy irremediable que sea lo definitivo, había perdido. Es la misma voz la que contesta siempre. Es su marido. Le entran ganas de volver a salir, coger un *Humphrey-Bogart* hasta Centro Habana, en el Barrio Chino, tirar abajo su puerta y matar a puñetazos al propietario de esa maldita voz de pito que dice: Oigo, Oigo, como un idiota; pero no puede. Sabe que ya no puede hacer nada. Ya imploró lo suficiente. Si no te quieren, no hay nada que hacer. Duele, pero para eso no hay medicina. Solo espera tener la fuerza suficiente para no perder eso que llaman dignidad y olvidar lo antes posible; pero necesita tiempo y cuanto más tiempo pasa, más tiempo necesita. El olvido a veces es lento, a veces resistente. Es cuestión de paciencia, de saber esperar, de tolerar el dolor, de superar el mal tiempo. Siempre que llueve escampa, pero llueve y llueve sin misericordia. Siente un impulso irrefrenable por hacerse daño, por pagar su ira con ella misma, por sacrificarse ante la indolencia. Se tira de los pelos con fuerza, como una loca, pero no es suficiente. Sabe cómo hacerse daño. Sabe darse dónde más le duele. Pero sabe que será para nada.

No hay agua en la ducha, ¿cuándo si? Por fortuna tiene suficiente recogida en los tanques. Todo el mundo está condenado a hacerlo. Se vuelca encima el agua fría. Los dragones en su vientre y la serpiente en su espalda se estremecen. Los pezones se muerden como una dormidera. Se golpea la piel con fuerza donde llegan sus manos, hasta que el dolor se vuelve insoportable. Luego se acuesta mojada y desnuda en el sofá, para mirar al techo.

Daría cualquier cosa por hacer el amor con Sofía pero eso ya no es posible. Haría falta un milagro para recuperarla. Ella se lo advirtió. El amor prohibido es demasiado caro. Lo dijo demasiadas veces. No es que no te quiera. Es que no te puedo querer. Mantener en secreto su relación era casi imposible y ninguna de las dos podía permitírselo.

Las dos eran policías de la unidad legal; oficiales de bajo rango, pero representantes del poder judicial. Las botarían de sus respectivos puestos; de la forma más bochornosa, humillante y vergonzosa; por supuesto. La homofobia es un secreto a voces. Para un oficial, la homosexualidad es incluso peor que la traición a la patria; algo que significa deshonra, indignidad, vileza. Puedes serlo, pero no parecerlo.

Un grito unánime y anónimo anuncia que no hay luz. Apagón. El ventilador se detiene. Todo queda en la más absoluta obscuridad. No puede pensar en nada más que en Sofía, pero no quiere. Le duele. Le falta el aire. Hace calor. Incluso húmeda y desnuda, con el balcón abierto, en el *penhouse*, el aire quema si no lo agitas un poco. Danger se pone un pequeño *short* y una camiseta sin mangas, abre la puerta para que corra el aire y se va al balcón. «Tengo que acabar de arreglar esta mierda», pensó mirando la baranda. «Cualquier día se va a venir abajo».

Estaba sola; más sola que la una, en un barrio inundado de gente y ruido. Pensó en Lenin. No quiere pensar en el "trabajo", pero es la única opción que le queda después de Sofía. No puede evitar preguntarse qué estaría haciendo ese pobre hombre-niño a estas horas. Sin padre, sin madre, sin agua, sin luz. Incluso en su lamentable estado sentimental se sintió afortunada. «Siempre se puede estar peor». También mejor pero, pero por alguna extraña ley que desconoce, es más probable lo primero que lo segundo.

Pensó en Lenin y no pudo evitar repasar el caso, que nunca llegó a ser caso. Se sonrió al recordar cómo le llamó English: Caso-Pinga. «Tiene gracia el hijo de puta del sapo». La casa estaba pintada, pero el suelo estaba destrozado, arrasado, devastado; como si una columna de tanques hubiera cruzado por allí un par de veces. Quizá por la orina de todos esos perros, quizá por la falta de higiene de todos. Era una especie de pocilga, pero ha visto muchas otras. La mayoría de la gente vive en esas casas incompletas, siempre a falta de algo y rellena de accesorios innecesarios. Había un altar. Una Santa Bárbara bendita lo coronaba con la cabeza fracturada. Un montón de figurillas de yeso y plástico la custodiaban. Apenas había muebles. Solo una especie de aparador enorme y destartalado con una tele grande encima. ¿Funcionaría? Quizá. Debajo había muchos libros viejos y un montón de CD y DVD apilados en completo desorden. «¿Para qué coño tendrían tantos discos? ¿Qué películas, músicas, seriales, veía esa pobre gente?».

No quería hacerlo, pero al final cogió la botella de ron y la vació casi de un tirón sentada en el suelo del balcón pensando en su vida, en Sofía y en Lenin, mientras mordía su pelo con los dientes. Y después cogió otra; siempre lo mismo. La mente es increíble; une las cosas como si fueran parte de lo mismo. Como si todo fuese un trozo de la misma mierda. Como si eso que llamamos mundo, fuera solo una gran mentira. La gran estafa. Al día siguiente los primeros rayos del sol le hirieron los ojos avisándole que, si no se daba prisa, llegaría tarde. Le dolía todo: cuerpo y cabeza. Se levantó como pudo y pensó en esa pila de discos que vio en la casa de Lenin. ¿Por qué? «¿Será un *déjà vu*?».

En Lisboa el tiempo parecía impasible; ajeno a la desesperación de Valentina, a la desolación de Lenin. Portugal tiene mucho menos relación con Cuba que España. De la misma manera que España tiene menos relación con Brasil que Portugal. Así se decidió a la fuerza siglos atrás. Desde allí poco o nada podía hacer Valentina para informarse acerca de cuáles eran sus opciones, pero a España no podía regresar; volver significaba correr demasiado riesgo, despertar fantasmas y demonios.

Todas las noches, en su microscópico apartamento en alquiler del Chiado, su cabeza se convertía en una olla de presión gigante con mucha agua y pocos alimentos. Tenía pocas opciones. No podía traerlo con ella. No era ni siquiera una opción. En primer lugar, no le permitirían viajar, ni de un lado, ni del otro; ni salir, ni llegar. En segundo lugar, incluso si se alinearan los astros migratorios, no podría encargarse de él. Apenas podía encargarse de ella misma. No necesitaba más, pero no podía permitirse quitarse nada. Estaba siempre en el delgado equilibrio entre ser y no ser, entre tener techo y comida, o quedarse a la intemperie con hambre. Las cosas por el viejo mundo son así. Lo milagros son cosa de ricos.

Valentina tocaba la guitarra. Estudió en el Caturla, en el prestigioso Conservatorio de Música Alejandro García Caturla. Gracias a eso, podía comer y dormir caliente, pero poco más. Ahora, sin la sangría perenne de Gigi, podía permitirse respirar un poco más de aire, pero no mucho más.

La primera opción a explorar en serio era, quizá, la iglesia. Nunca creyó en nada, pero siempre respetó la dedicación, sobre todo de muchas religiosas, al cuidado de los más necesitados. Dicho así suena cursi, panfletero, clichoso. Pero hasta que no lo sufres en tus propias carnes, no sabes bien lo que esas dos palabras juntas, más-necesitados, quieren decir. Ahora esa idea vaga, lejana, ajena, esa extraña sensación semántica, se ensañaba en forma de desamparo sobre ella. "La fe es lo último que se pierde", dice un dicho como si fuera ley. Pero qué pasa con la fe perdida. ¿Qué pasa con los ignorantes de la fe?, ¿con la ausencia de fe?

Averiguó con todas las amistades que le quedaban por España, preguntó por Facebook, buscó en Google, todos los centros religiosos caritativos europeos con filiales o alguna representación en Cuba. Llamó a algunos. Habló con varias Sor y con algún Monseñor. Al final consiguió solo un nombre en la Habana, en la calle Chacón: Sor Teresa.

¿Qué hacer si falla la caridad? Quizá podría contratar a alguien para que lo cuidase. En definitiva es como cuidar a un enfermo. Hay quien cuida ancianos. Sería algo parecido; teniendo en cuenta que Lenin es como un niño y que los viejos vuelven a ser niños. No está enfermo. Lenin, por fortuna, siempre ha sido un roble. Esta opción parece la mejor. Él podría seguir viviendo en su casa, en su entorno, con sus cosas; es lo que conoce y controla. Valentina podría mantenerle. Iría a verlo con la mayor frecuencia que se pueda permitir. El problema es quién. ¿Quién estaría dispuesto o dispuesta a cuidarlo?

La otra opción era, en realidad, una no opción. Era evidente que el estado no había reaccionado y que, todo parecía indicar, que no lo haría. El "estado", en éste caso, era solo un puñado de vecinos con sus propios problemas, enganchados con la maquinaria estatal por alguna cuerda ideológica, sin ninguna capacidad de acción, ni reacción. Era más bien una pequeña estructura burocrática que jugaba a martillear sin martillos y a clavar sin clavos, siempre dispuesta a machacarte los dedos al menor descuido. ¿Podría el estado hacerse cargo de Lenin? Por supuesto que no. Tenía instituciones para retrasados, locos, enfermos graves, ancianos, etc. Todos los países las tienen. Son los espacios entre la utopía y la distopía; son lo que Foucault llamó heterotopía: contraespacios e intersticios como los jardines, los cementerios, los asilos, los burdeles, las prisiones. No podía dejarlo con el estado. No era ni siquiera una opción, pero podía serlo si ese grupo amorfo, sin uniforme, de agentes sociales, lo decidía. Si el "estado" quisiera, cuando quisiera, podía internar a Lenin en algún no lugar y confiscar su lugar, su casa, su tesoro. Según su pequeño sondeo, todos los comentarios recogidos reflejaban que esos espacios alterados superaban con creces cualquier película del sábado: violencia, horror y misterio. Esa "no opción" condenaría a Lenin a morir en vida. Terminaría penalizando a Valentina.

Valentina tenía una enorme bola de hierro sobre su mesa de cristal, pero de otras peores había salido. Al menos de una mucho más mala pudo salir. «Lo único que no tiene remedio es morirse», pensó y ese pensamiento tenía forma de cuerda. Una cuerda con la que poder ahorcarse o salvarse.

A Danger le reventaba la cabeza del dolor. Su cerebro era como una sirena abriéndose paso en una vía colapsada. Cada vez se sentía peor. Su estómago le jugaba malas pasadas. Ni siquiera el café ayudaba. Llegó a la unidad casi a mediodía, pero English y Tom, el resto de la "American patrol", salió en su defensa desde primera hora. Excusaron a Dangerous, como le llamaban a sus espaldas, ante la teniente coronel Josefina, alias Súper-Jefa. Le prometieron que llegaría de un momento a otro porque andaba terminando un expediente. Justo al traspasar el umbral de la puerta llegó una nueva orden.

–Tienen que volver a Micro X. Han encontrado a la vecina de al lado del caso anterior ahogada en vómito.

Danger apenas puso un pie en su despacho. Pudo ver a Sofía pasar a lo lejos con una carpeta bajo el brazo balanceándose como una hermosa pantera en celo. Sintió el impulso de pedirle disculpas, de rebajarse, de suplicarle, pero Tom se lo impidió concentrado en el caso, distraído de sus tentaciones: Vamos jefa, que pa' luego es tarde.

Cuando llegaron, Magda estaba en los bajos del edificio esperándolos con Lenin apostado a su lado.

–Ay compañera, ¡qué desgracia! ¡Mi amiga! ¡Ay, pobrecita mi amiga! –chillaba Magda mientras Lenin murmuraba en su jerga: –Mira, se murió.

Danger apenas le atendió. Pudo ver que Lenin seguía perdido y abrumado. Solo eso; a pesar de tener allí media comunidad acordonada por la policía. Pero ella no es psicóloga, sino criminalista. Subió las escaleras y pudo ver la supuesta escena del crimen. La puerta estaba abierta. No había signo alguno de que hubiera sido forzada. Axila estaba en medio del salón tirada en el suelo, desnuda del todo, sobre un gigantesco charco de vómito. Olía muy mal.

–English –ordenó Danger–, coge muestras del vómito –English tuvo ganas de protestar, de preguntar si le tocaba esa labor por ser algo más oscuro que el resto de la patrulla, pero no se atrevió. Sabía que Danger no era racista. Sofía era prieta, muy prieta. Nadie se atrevía a decir nada, pero todo el mundo daba por hecho que Sofía era, o fue, su compromiso. Tom estaba ocupado preguntando a los vecinos si habían visto o si sabían algo y anotaba en su pequeña libreta de notas. Así que le tocaba a él. Se puso los guantes y con una pequeña pala de plástico empezar a recoger muestras del suelo y a meterlas en una bolsa. Jamás había visto tropezones de salchicha tan grandes; debían tener unos seis centímetros de diámetro y, a juzgar por la textura, apenas habían sido mordidos con prisa. No eran perritos sino pedazos de perros. Casi ladran.

Danger abrió su boca y miró con una linterna. Un trozo enorme de salchicha a medio masticar formaba un tapón perfecto en el esófago. En apenas un minuto o dos le habrían provocado pérdida de conciencia y muerte por asfixia. Jamás había visto a nadie morir por glotón; glotona, en este caso.

En la mesa había solo un plato. Daba la impresión de que estaba sola. Pero algo no cuadraba. Algo faltaba y debía de estar allí. En la cocina había una lata enorme de salchichas. En la etiqueta ponía: *Salsicha de Churrasco, Pingo Doce*. Olía a salchichas y a vómito de salchichas por igual. ¡Qué diferencia de olor "antes" y "después" de pasar por el aparato digestivo!

–Esto también English –ordenó–, llévate el frasco.

English seguía diligente sus órdenes intentando no mancharse con aquellos flujos y, a su vez, no contaminar las pruebas. Axila estaba buena, pero él era un profesional. Tenía la vulva afeitada, como el culo de un bebé, y los pezones enormes; pero eso solo era ruido, datos sin importancia, a los que no debía prestar demasiada atención.

–Mira –indicó Danger–. Mira estas huellas aquí. ¡No son suyas! –dijo señalando unas huellas grandes que sugerían unas botas ordinarias–. Haz fotos de toda esta zona. Trae luz ultravioleta. Por favor, dile a Tom que venga –y Tom apareció como atraído por telepatía.

–Tom. Mira esto. Aquí estuvo alguien –le dijo–. Alguien al que la difunta abrió la puerta de forma voluntaria y que salió por sus propios pies.

Tom encendió su linterna y observó con detenimiento la cara y el cuello del cadáver. No había ningún síntoma de violencia. Abrió la boca y vio lo mismo que Danger. Se puso de pie y siguió un posible rastro con la luz. Anotó todo con minuciosidad y ayudó a Danger a terminar la inspección completa del cadáver. «¡Qué cosa más rara!», pensó Tom. «Vómito, salchichas portuguesas, huellas de botas de trabajo. ¿De quién serán?».

La policía levantó el cadáver. La bajaron cubierta por una sábana, encima de una camilla de hierro atada por dos correas. Está encuera, aseguró uno. Parece que se atragantó con un chorizo, dijo otro. ¿¡Un chorizo!? Si chico, ¿tú no sabes lo que es un chorizo? ¡Coño, se metió un chorizo! ¡Qué loca! Se asfixió con un rabo. En el pomo ponía Pinga Dulce. ¿¡Cómo!? ¿Pinga en pomo? Ese es el chorizo. Se lo quiso tragar ¡Qué barbaridad! Un poquito de respeto ¿no?, que el cuerpo todavía está caliente.

El vecindario es así. Todos juegan a ser detectives y policías. Todo parece divertimento. Todo fue un gran amago de fiesta hasta que la vieja Chucha dijo bien bajito: A Gigi se le está yendo la mano; entonces el grupo se desintegró. ¡Solavaya! La vieja Chucha apenas hablaba pero se decía en el barrio que de solo mirarla te daba mala suerte. Era una especie de Medusa criolla que le salaba la vida a todo el que se cruzaba con ella. Era la única amiga de Gigi que no alardeaba de ser amiga de Gigi.

Algunos cabeza de familia intuyeron qué pudo haber pasado con Axila, pero prefirieron no hablar. No vaya a ser que sus mujeres se enterasen de cosas que no deberían saber. En boca cerrada no entran moscas. Magda se lo contó a su marido, el auxiliar de cocinero. Esas salchichas son portuguesas, se limitó a comentar en tono neutro. En el hotel no hay, pero las he visto en una revista.

–¿Qué es eso de Pinga Dulce? –preguntó Magda.

–Pingo Doce –rectificó el marido.

–No se, la gente dice Pinga Dulce.

–Pues no se. Me parece que es un tin dulce.

–¡¿Un tin dulce?! ¿Qué cosa más rara?

Es imposible saber dónde están las cámaras invisibles, pero la gente vive a la intemperie. Todo se sabe. Todo se filtra. Todo se rumorea; distorsionado, alterado, emborronado, pero todo se comparte porque da para hablar, entretiene, enajena. Axila vivía sola; algo raro que daba para especular un día sí y otro también. Todas las mujeres creían que se acostaba con cualquier otro marido que no fuera el suyo. Alguna incluso decía que era lesbiana o bisexual. Se equivocaban. Axila era lo más parecido a una puta *freelance*, cuya función era mantener cierto equilibrio en el barrio. Su lengua era venenosa en extremo, pero su cuerpo era otra cosa. Estaba un poco rellena, pero todo el relleno estaba bien puesto, en su lugar. Su cuerpo era deseable. Esa noche, muchos machos de Micro X, Alamar, suspiraron por ella y se persignaron sin que se notara demasiado y con cierta pena. "La pobre", era el sentimiento general que inspiraba, perfumado en vómito.

Valentina llegó al día siguiente de la última vomitona de Axila. En cuanto le entregaron su pasaporte en regla fue a la agencia de viajes más cercana y reservó en el primer vuelo que había disponible, dos días más tarde. Le costó mucho más de lo habitual, algo más de dos veces lo que se paga por un vuelo ordinario, pero no podía esperar más. Cerró todos sus compromisos del próximo mes y salió con la maleta llena de cosas para Lenin y lo imprescindible para ella.

Al pisar la Habana nadie fue a recogerla. No hubo bienvenida. Llegó sola en un coche desvencijado que alquiló en el aeropuerto. Si algo le había enseñado Europa era a ser independiente; a no necesitar de un hombre que la llevara por aquí y por allá abriéndole las puertas de los coches y ofreciéndole su mano para salir. No rechazaba la caballerosidad, pero no lo esperaba; ni la necesitaba. Era una feminista moderada que sabía ser mujer en un mundo de hombres, que deseaba un mundo de hombres y mujeres y le inquietaba en grado sumo un mundo de solo mujeres. La igualdad es algo difícil de entender. A menudo se mide con paridad de representación y no con igualdad de posibilidades. Valentina llegaba a Machilandia, donde hasta las mujeres son machistas, pero eso ya lo sabía y venía con la lección aprendida. Al menos eso creía.

Llegó y Lenin la abrazó sin mediar palabra: ¿Cuándo viene?, le dijo nada más verla. ¿Cuándo viene quién Lenincito?, preguntó su hermana para darse tiempo, por si cambiaba de tema. Mamá, ¿cuándo viene? Valentina no supo qué decirle. A pesar de haberse preparado durante las largas horas de vuelo para responder a esa pregunta, no estaba lista del todo para eso. Quizá nadie esté nunca dispuesto lo suficiente para responder, cuando cualquier frase puede hacer daño. Pensó y pensó antes de hablar y creyó que lo mejor, lo más saludable para él, era que empezara a asumir las cosas, a iniciar su propio duelo. Lenin era un hombre-niño que debía transformarse en un niño-hombre. Los golpes y porrazos de la vida producen esos saltos. Ella quizá pasaría a ser mujer-vieja después de esto pero, lo que fuera que tuviera que pasar, lo iniciarían juntos.

–No va a venir Lenincito. No va a venir –dijo abrazándolo fuerte–. Pero he venido yo. Estoy aquí contigo –Él la miró obligado a comprender y dispuesto a no entender.

–Me voy a morir –le dijo lo mejor que pudo pronunciar.

–Yo también. Todo el mundo se muere algún día. Pero tú no te vas a morir ahora... ni yo tampoco –Él la miró y ya no volvió a abrir más la boca. Estaba triste y desorientado; sucio y mal vestido. No parecía su hermano.

Magda no paraba de llorar y de abrazarla. Parecía que, en realidad, era Valentina la amiga de Gigi y Magda su hija. La casa sobrepasaba con creces su peor expectativa. Aquello era una pocilga de manual. «Demasiadas cosas para arreglar», pensó. Pero no venía dispuesta a desanimarse, sino a resolver.

Lo primero que hizo después de coger un respiro y beber su primer café (cortesía de Magda) fue calentar agua en un cacharro chamuscado, preparar una palangana y meter los pies de Lenin dentro para ablandar aquellos extraños cuchillos espirales que le impedían calzarse.

Sacó un alicate de uñas grande de la maleta y cuando aquellas navajas cedieron lo justo, las cortó con delicadeza. Él lo agradeció. Durante todo ese tiempo se mantuvo callado, atento a cada gesto de su hermana. Quizá sintió que en realidad no estaba solo. Después preparó agua para un baño y lo aseó y afeitó todo lo mejor que pudo. Él se dejó sin rechistar. El baño estaba asqueroso y manchado, pero ahora eso era lo de menos. Ya lo limpiaría mañana. Lenin quedó reluciente. Luego sacó de la maleta un chandal deportivo nuevo rojo de rallas blancas, calzoncillos, medias y unas zapatillas Adidas y lo vistió. Parecía otro. A pesar de su flacura y de su tormento recordaba a alguien distinto, nuevo. Después lo perfumo, a él le encantaba, y bajaron a comer pizza. Cuando Magda lo vio se echó a llorar.

Se comió dos sendas pizzas y hubiera seguido, pero Valentina tuvo miedo que le sentara mal. Le compró tres tropicolas que se bebió casi de un tirón haciendo muecas por el burbujeo del gas y regresaron caminando con lentitud. Todo el mundo lo saludaba y repetía la misma pregunta: ¿Y tu mamá? Él respondía sin variar una coma: Mi mamá se fue. ¿Tú sabes cuando viene? Y no. La gente no sabía. No tenían respuesta. Valentina tampoco. No valía la pena insistir. Para él se había ido, no se había muerto. Bobe sí. Bobe se murió, pero Gigi no. Las cosas de su cabeza.

Al caer la noche estaba cansada en extremo. Después de nueve largas horas de viaje, de muchos días de estrés y de casi una vida de incertidumbre, la hora cero había llegado. Ya estaba allí. Ya nada volvería a ser como hasta entonces. Había llegado a una Luna habitada por locos. Pero era una tierra que una vez fue suya, aunque ahora la extrañara.

–¿Dónde vas a dormir? –le preguntó Magda pensando que se iría a un hotel.

–Aquí, en el sofá... traje una balsa hinchable –al principio no entendió la pregunta, pero al verla ahí parada observándola cayó en la cuenta–. Voy a quedarme aquí con Lenin. A eso vine.

–¿No te da miedo?

–¡¿Miedo?! ¿A qué?

–Ay chica –Magda no se atrevía a seguir. Rebuscaba las palabras correctas en su limitado diccionario de barrio para no herirla, para no quedar como una idiota, pero nada. No venían en su ayuda–. ¿No te da miedo que venga? ¿Qué se te aparezca?

–¿Quién? ¡¿Mi madre?! –Magda asintió con timidez. Valentina tampoco quería ofenderla por su ignorancia–. Ojalá que venga. ¡Ojalá! Así podré decirle unas cuantas cosas.

–Jefa, resulta que pinga-dulce es algo así como "un poco dulce", una cadena de supermercados portuguesa y *Salsicha de Churrasco*, perrito caliente, pero de verdad y de tamaño sobredosis, algo así como perrón de carne –informó English a Danger de sus hallazgos–. El problema... El problema es... ¿De dónde salió eso?

–¿Y las huellas? ¿Se sabe algo de las huellas?

–Son de unas botas militares corrientes. Muy gastadas pero tú sabes... cualquiera tiene unas botas así –Tom no había abierto la boca aún. Solo revisaba las notas. Era más que complicado sacar algo limpio de toda la porquería que le habían contado los vecinos; casi como extraer una gota de agua pura del charco de vómito de Axila.

–Hay una cosa Jefa –dijo Tom–, que hace pensar que esas botas eran de algún plomero. Había restos de teflón debajo del fregadero y el codo parecía recién cambiado. La pregunta es ¿qué hacía el plomero mientras la mujer se ahogaba en su vómito en medio del salón encuera en pelotas? Porque las huellas están sobre el vómito, no debajo. Seguro que fue él quien dejó la puerta abierta.

Las piezas empezaban a encajar. Eso parecía. Lo más probable era que fuera un hombre; el análisis determinaría el peso aproximado y quizá alguna información de la altura o complexión. Podría ser mujer, no habría que descartarlo, pero tampoco había que rizar el rizo por el momento (el número de plomeras era nulo o cercano a cero).

Por lo que Tom pudo averiguar, Axila no era lesbiana y tenía una honorable reputación de acostarse con todo aquel hijo de vecino que le viniera bien, estuviera o no casado, viviera cerca o lejos. Pero no había que precipitarse. En definitiva, hasta que Willem de Vlamingh descubrió el primer cisne negro en 1967, en Australia Occidental, se creía que todos los cisnes eran blancos. Lo imposible, o por lo menos inexistente, tiene derecho a un mínimo de posibilidad. Danger no quiso descartarlo delante de su brigada pero, desde luego, era una posibilidad que se reservaba, por si acaso.

—¿De las huellas en la puerta... ¿tenemos algo? —preguntó Danger.

—Si y no —respondió English tomándose todas las precauciones posibles—. Me explico... ¿Hay huellas? Si ¿Se sabe de quiénes son? No. Lo que hay es un huéleme-la-colcha de huellas, donde es imposible saber dónde empieza una y dónde termina otra.

—¿No es posible aislarlas? —insistió Danger.

—Están en eso, pero ya nos advirtieron que no nos hiciéramos ilusiones.

—Tenemos que regresar e investigar. Hay que ver si alguien ha visto o sabe algo de la visita de algún plomero. Hay que averiguar lo que podamos de esos perritos. Hay que investigar si Axila tenía enemigos. Tú Tom, vete al CDR y tú English, pregunta por el barrio. Yo mientras voy a hacerle la visita a ese muchacho... Lenin y también a Magda, la vecina. Esa mujer es radio bemba. Vamos. Saca el carro Tom, los veo en la puerta.

—Jefa —alertó English—, las pruebas de laboratorio han concluido que el vomito no era de Axila. Eso complica las cosas.

Danger no dijo nada. Demasiado pronto para especular. Todos se fueron. Danger también. Estuvo tentada de acercarse a Sofía otra vez, pero no tenía demasiado tiempo, ni lugar. Al final decidió seguir cuando la teniente coronel, alias "súper-jefa", Josefina Fernández, se cruzó en su camino.

–¿Qué tal Danger? ¿Cuánto tiempo sin verte? –preguntó cruzando las manos sobre el vientre y mirando por debajo de los espejuelos. Danger sabía que en aquella pregunta había una pulla y una advertencia. Josefina la conocía bien. La respetaba, aunque si pudiera, si no fuera imprescindible, se libraría de ella sin pensarlo. Al menos eso era lo que Danger pensaba.

–Bien Teniente, bien. Tenemos un caso un poco extraño.

–¿Micro X?

–Si.

–¿Y eso? ¿Qué tiene de extraño?

–¿No le parece raro que en menos de un mes mueran tres vecinos del mismo edificio? Como esto siga así voy a tener que poner allí un laboratorio ambulante –Danger sonrió. Josefina también.

–Si, la verdad que es raro, si. Pero bueno, ya sabes que en esta profesión lo raro es que algo sea normal.

Cuando Danger tocó, Valentina estaba terminando de fregar el suelo. Pasó toda la mañana botando todo lo que encontraba a su paso, sin excepción. Empezó por la habitación de Gigi. El colchón estaba lleno de garrapatas. Entre ella y Lenin lo arrastraron hasta el basurero. Cuando llegaron con lo que se suponía que una vez fue un somier, en el segundo viaje, el colchón ya no estaba. Después del escaso mobiliario le llegó el turno a la ropa. No había ni una sola pieza de todas las que Valentina le había comprado. ¡Ni una sola! Al contrario, toda la ropa era un montón de ripios sin concierto. Solo restos condenados a no llevarse bien en la vida: manchados, sucios, descosidos, rotos. Solo desechos. Valentina hizo un bulto grande con todo en una sábana igual de inservible. ¡Todo cabía en un solo bulto! Y lo llevó junto con Lenin al basurero. Él la acompañaba como si nada, como si esa ropa no fuera de su madre, como si no fuera ropa.

Después le tocó a los Santos. Ay Tinita ¿tú vas a tirar eso?, le preguntó Magda horrorizada desde la ventana. Valentina asintió decidida y se dirigió una vez más al improvisado vertedero, en medio de los edificios de vivienda, con aquella carga religiosa. Había ofrendas a Changó, dios del fuego, del rayo, del trueno y de la guerra; a Babalú Ayé, orisha de las enfermedades; a Orula, dueño del tablero, adivinador del futuro, consejero de los hombres e intérprete del oráculo de Ifá y a Ochosi, mago, adivino, guerrero, pescador, cazador, patrón de los que tienen problemas con la justicia. El Ebbó apestaba a podrido, así que lo metió en una bolsa de plástico y siguió adelante.

A su llegada al basurero una mujer mayor escogía ropa del bulto anterior para llevarse. Ay chica, ¿quién habrá sido el loco que ha tirado esto? ¡Mira que lindo!, exclamó ante lo que una vez fue una blusa de vuelos bordada. He sido yo, contestó Valentina sin saber muy bien por qué. Eran de mi madre. Falleció hace unos días. ¡Solavaya!, se alarmó sin complejo la señora, soltó todas las prendas que había acumulado como si ardieran, de repente, en sus manos y salió a toda prisa.

No los contó pero, en total, pudo dar unos veinte viajes; cada uno de unos cuarenta metros de ida y otros tantos de vuelta. Valentina estaba sudada y sucia. Sentía picazón por todas partes. Lenin quería seguir. Lo vio rompiendo papeles de Bobe. Su biografía entera desecha en menudos pedazos. Lenin estaba borrándolo de la existencia para la posteridad. Valentina lo dejó y pudo comprobar que después de romper todos los papeles quitó, motu propio, todas las fotos colgadas de las paredes y las guardó. No las rompió, sino que las colocó con mucho cuidado en una caja. Formarían parte de su memoria. Se bañó con un cubo y un jarrito y llamó por teléfono a Magda para que le contara qué debía hacer para fumigaran de nuevo. No te preocupes, yo me encargo, le dijo y, después de media hora de palique, colgó. Al sacar toda la mierda, las garrapatas supervivientes saltaron en busca de un nuevo hogar, pero Valentina no estaba dispuesta a darles cobijo. Se acabó. Solo estaba marcando la línea entre antes y después cuando tocaron a la puerta y se presentó Danger.

–Hola –saludó Valentina. Danger extendió su mano observándola como una prueba más. Después de tantos años de profesión, la gente deja de ser gente.

Todos son posibles indicios, posibles sospechosos, posibles delincuentes y también, posibles víctimas. A veces le asustaba, en esos momentos de plena consciencia, de ese proceso de desnaturalización que sufría pero, ya le habían advertido desde el primer día de clases en la universidad: esa era la única manera de sobrellevar el trabajo. Hay que ser objetivo e insensible, como una máquina; el día a día se encarga de engrasar los engranajes para que así sea.

–Buenas. Mi nombre es Danger, perito criminalista, pero ahora he venido solo para saber de Lenin. ¿Qué tal está?

–Bien. Asimilando poco a poco todo.

–¿Usted es...?

–Yo soy Valentina, su hermana.

–La otra vez que vine no tenía hermana –probó Danger a hacer una leve gracia. Valentina sonrió.

–Llegué ayer. Yo vivo en Lisboa. He viajado todo lo rápido que he podido... Pero usted dice que vino...

–Perdone, no me expliqué bien. Fue solo una visita de rigor. Roberto murió en esta casa y en estos casos...

–Entiendo. Pase, pase por favor, siéntese. Disculpe que esto esté así, pero aún no he podido limpiar a fondo y organizar todo –Danger entró intentando pisar donde estaba seco y se sentó frente a Lenin. Él se limitaba a mirarla. Se le veía distinto. Estaba limpio y bien vestido.

–No quisiera entretenerle. Lo encontré en muy malas condiciones, pero ya veo que todo ha cambiado.

Valentina le ofreció café. Danger lo aceptó en contra de todos sus principios pero en realidad, se auto convenció: no estaba allí por razones de trabajo, ni mucho menos; aunque no pudiera explicarlo a nadie. Hablaron y hablaron hasta que aparecieron English y Tom, que también disfrutaron de una tacita de café y de la hospitalidad de Valentina durante un cuarto de hora más.

Ya en el coche, camino de regreso, compartieron los frutos del viaje. A Tom, el presidente del CDR no le habló demasiado bien de Axila. Era revolucionaria, quiso dejar claro, asistía a todas las actividades, pero era demasiada puta. Y eso, compañero, sentenció como si fuese una ley orgánica, no está bien, no se ve bien. Sus frases eran más bien juicios morales pero, teniendo en cuenta que Axila no había sido violada, ni tenía una sola marca de violencia en el cuerpo, apoyaban la sospecha de que, en realidad, se había desnudado por su propia voluntad y el ahogamiento era cosa del azar.

Tom le pidió algún ejemplo de esos sujetos que ameritaban su juicio. Al principio se mostró reacio.

–El chisme, compañero, no es cosa de hombres. Está mal, se ve mal –al final desenrolló sus prejuicios en una larga lista de nombres–. Dicen las malas lenguas que en este edificio no quedó títere con cabeza; empezando por el vecino de al lado, Bobe, que en paz descanse. ¡¿Se imagina?!, ¡puerta con puerta!, ¡Tremenda descará!

–¿Tiene alguna prueba?

–Prueba, lo que se dice prueba, no; pero Gigi tuvo una bronca con ella un día, tan grande, que se enteró todo el barrio. Ellas eran buenas amigas, sabe, y a partir de ahí dejaron de hablarse; no se por cuánto tiempo. Ya al final, diría yo hace menos de un año, se reconciliaron; no se si porque ella ya no estaba bien de la cabeza, o porque el tiempo lo cura todo; como se suele decir.

–A lo mejor se dio cuenta que en realidad la acusó de algo por gusto.

–¡¿Por gusto?! ¡Los cogió en cueros, a los dos, en la cama! Entró en su casa, a Axila se le había olvidado echar el pestillo, y los cogió con la masa en la mano.

–Si que está bien informado el presidente del Comité – ironizó English. «Menudo chismoso. Chivatón», pensó. Pero él tenía una información muy relevante. English había averiguado quién era el plomero y tenía una confesión que podía tapar, de cierta manera, los agujeros que quedaban en la argumentación. El plomero se hacía llamar Guao. Pudo, incluso, hablar con él, y le contó todo lo sucedido con pelos y señales, al menos su versión de los hechos. Axila le requirió. Tenía tupido el sifón del fregadero. Él lo cambió y arregló para que todo funcionara bien, mientras ella cocinaba una lata enorme de perritos calientes. Al terminar le invitó a comer. El pobre estaba "partío del hambre", según sus propias palabras. Ella le confesó que las había hecho pensando en él, porque sabía que le encantaban y quería compensarle con creces. Se conocían del barrio de toda la vida. Se las comió con prisa. Tenía hambre y también debía seguir trabajando. Apenas limpió el plato, Axila apareció desnuda insinuándose. Guao no sabía qué hacer. Jamás había visto una vulva rasurada; ni en fotos. Estaba asustado. Era una situación con lo que cualquier plomero fantaseaba pero en ese momento, quién sabe por qué, le entró el tembleque. Ella se le acercó. Vamos gordito, le dijo mientras lo atraía contra ella con un brazo. Él se dejó hacer. Vamos, pedía metiéndole los dedos en la boca, dame esas salchichas papi. Dámelas todas. A Guao le dieron arqueadas y ella se excitó más. Así, así, vamos, exigía abriendo la boca delante de su cara, vomítame encima. Guao no pudo aguantar más. Fue como abrir una pila o destupir un tubo. Echó un chorro impresionante de vómito con tropezones y ya no pudo parar. Al principio parecía que Axila sufría un orgasmo pero, de repente, empezó a toser y al poco rato se desplomó en el suelo. Guao cogió sus herramientas y salió corriendo.

–¡Qué fuerte! –comentó Tom.

–Necesitamos una declaración –ordenó Danger.

–Si Jefa, él está dispuesto a declarar. No dijo nada cuando vinimos porque estaba cagado de miedo. Su mujer podía mal interpretar los hechos –Danger lo miró con el mismo gesto de desaprobación de siempre–. Buena Jefa, yo lo entiendo. Ahí si que eso de: "nada es lo que parece", no se lo creería nadie.

Estaban animados. El caso parecía avanzar. Había sido una tarde "suave".

–Bueno –dijo Danger–, la procedencia de las salchichas también parece explicable –los dos hombres se miraron extrañados. Hacía rato no tenían un día redondo–. Resulta que Valentina, la hija de Gigi, vive en Portugal. Ella le mandaba comida cada vez que podía. A Gigi le encantaban los perritos. No sabemos si alguna de esas latas de perritos fue a parar a la casa de Axila pero sí sabemos que, por lo menos, llegaron a la de Gigi. Teniendo en cuenta cómo era, o cómo dicen que era, no me extraña que se la regalara, se la vendiera, o lo que fuera, en algún momento. Parece plausible.

Los dos evaluaron en silencio la plausibilidad y sí, todo parecía encajar. En el informe preliminar que escribió Tom y firmó Danger se podía leer.

El cadáver no muestra ningún signo de violencia. La víctima murió de asfixia. Al parecer la sujeto padecía hemetofilia o vomerofilia; un caso de parafilia: excitación sexual anormal provocada por un objeto, una persona o una situación; en este caso el vómito durante el acto sexual produce en el sujeto un intenso placer por asociación.

El proceso de normalización de Valentina y Lenin continuó al día siguiente con una tercera fumigación y limpieza a fondo. Botó muchas más cosas: esta vez de la cocina y el patio, ordenó las cuatro porquerías que quedaban y ya todo parecía distinto. Tenía que cambiar la cama de Lenin, que ni siquiera era cama. Su colchón estaba asqueroso. Dormía sobre las patas de hierro de lo que una vez fueron dos mesas de comedor de colegio. Preguntó a Magda dónde podía comprar una y por la tarde ya tenía una oferta: un camastro sustraído de la prisión del Combinado del Este con el colchón en perfecto estado. Le costó cuarenta dólares.

A mediodía se fue con Lenin al Progreso y compró una "cajita" por cerca de 50 CUC; el peso cubano convertible. Lenin estaba entusiasmado y Valentina pasmada. Llamarle Progreso a "aquello" era la falacia más perturbadora que había experimentado en su vida. En lugar de Progreso debería llamarse Desastre, Retroceso, Ruina; no solo arquitectónica, sino de todo tipo. Era un auténtico monumento a la devastación, la catástrofe, la hecatombe; el irremediable efecto de tanta inutilidad, abandono, ineficacia. Era un trasto defectuoso donde las tiendas no sabían lo que era una tienda y vendían pacotillas y porquerías en "dólares" a unos precios que solo unos pocos podían pagar, y redactaban un documento de propiedad para un sintonizador de televisión que apenas tenía una garantía de dos meses. Aquello parecía una broma de malísimo gusto. Valentina desconocía todo este submundo. La última vez que estuvo en Cuba, su madre vivía en Centro Habana. Alamar era el Beirut de posguerra. Un lugar inválido, retorcido, caótico, sucio, destrozado, de esos que pueblan las películas apocalípticas, después del fin del mundo.

No obstante la cajita operó su magia. La televisión, desde su sillón, era para Lenin el noventa por ciento de su vida. Veía los dibujos, las telenovelas, los noticieros, las mesas redondas, los programas educativos, TeleSUR. Aquel marco electrónico vomitaba bazofias y mentiras el día entero, pero él estaba tranquilo. Valentina tenía la impresión no de haber regresado a donde nació, sino de haber sido teletransportada a una realidad paralela ficticia, inventada, construida con una madeja de consignas, eufemismos, conspiraciones, exageraciones y falsedades. Las caras eran como estampillas repetidas pero lucían envejecidas, enfermas, como si les hubiera pasado una aplanadora por encima. Se dio cuenta que, o había borrado todo eso o, en realidad, se trataba de un fenómeno nuevo. ¡Llevaba solo veinte años fuera!

El otro diez por ciento de su vida, Lenin lo dedicaba a dibujar y colorear; en realidad copiaba cualquier otro dibujo. Tenía tal destreza copiando que, una vez calcado, podía repetir el mismo dibujo todas las veces que quisiera sin necesidad del modelo. Su vida se reducía a esas dos cosas. Ver la televisión y dibujar. Solo eso.

Pasó toda la tarde estrenando su nuevo aparatico y Valentina disfrutando de lo que él parecía disfrutar. Estaba serio, callado, pero cada veinte o treinta segundos, no más, la miraba, sonreía y guiñaba un ojo. Quizá era su manera de darle las gracias o de ocultarle su infierno. A cada vecino que subía o bajaba la escalera le enseñaba su juguete nuevo y a continuación le preguntaba: ¿Cuándo viene? ¿Gigi cuando viene? Era un proceso difícil que apenas estaba empezando. En realidad preguntaba con tal atención que Valentina llegó a pensar que no lo superaría nunca; pero sabía que se equivocaba. Lo único insuperable es la muerte.

Ella sabía mucho de eso. Se fue al extranjero veinte años atrás enamorada y casada con un madrileño mucho mayor que ella, pero la felicidad en casa del pobre dura poco. No pasó mucho tiempo en descubrir que, en realidad, se había casado con otra persona. Un día doctor Jekyll se convirtió en el señor Hyde y le enseñó al monstruo que habita en la cara oculta de la Luna con tal intensidad, que le provocó un *shock*. No pudo hablar en casi un mes y lloraba sin control. Su marido se disculpó, se arrastró por el suelo pidiéndole perdón, se auto flageló, insultó y humilló, pero no tardó demasiado tiempo en volver a mostrarse como un perro rabioso. Esa segunda vez le pegó e insultó. Valentina no supo reaccionar. Jamás le habían pegado, ni insultado. No lo decidió. Perdió la ilusión y las ganas, sin más; pero él le convenció que todo cambiaría. Que solo pasaba una mala racha. Había perdido el trabajo. Todo cambiaría. Lo juró. Pondría de su parte. Haría lo que fuera, lo que ella quisiera. Todo volvería a la normalidad. Le amaba con todas sus fuerzas. Todas estas historias, aunque empiezan algo diferentes, terminan parecidas, en tragedia.

Su vida se convirtió en un calvario. No lo dejó. En contra de cualquier pronóstico, no le abandonó. ¡Increíble! ¡Inexplicable! Llegó a pensar, incluso, que ella tampoco era perfecta. Algo tendría que cambiar también; poner de su parte. Todo parecía estar bien y, de repente, de un segundo al siguiente, por cualquier nimiedad, por cualquier pequeño y absurdo accidente, por una insignificante mota de polvo en la pureza de un instante, la noche sucedía al día a pleno sol. Después, todo empeoró. Fue como vivir en plena oscuridad.

Empezó a beber. Empezó a culparla. La desgracia y la bebida son buenas amigas; se nutren una a la otra en una espiral de desolación. Ebrio, al menos, era menos impulsivo. Valentina llegó a pensar que, en otra vida, había sido alcohólica y ahora, en esta insufrible vida de perra, su marido se vengaba con la fuerza de un animal.

Su último plan fue una larga excursión. Primero a Andorra y después a los Pirineos. Un planazo de reconciliación con un amigo y la mujer del amigo. Valentina no los conocía. Llegó a preguntarse si estaban allí en una especie de terapia de grupo, pero no. La otra pareja vivía otra fase de su relación muy distinta de la suya. La estancia en Andorra, a pesar de todo, transcurrió sin contratiempos. Se comportaron como una pareja en plena fase de reconocimiento. Se estudiaban. Cada movimiento era sopesado con sumo cuidado. Su matrimonio estaba lisiado y no quería reventarse la cabeza contra el suelo al menor descuido. Andorra fue incómoda pero pasable. Se soportaron. Andorra fue una postal de nieve y frío en el alma.

El plan de los Pirineos era aún más ambicioso. Harían una marcha nocturna en el Parque Nacional de Ordesa junto con otras veinte personas y tres monitores del Grup Escolta Xaloc de Sabadell.

Su marido le juró que seguiría sobrio. No habría más numerito. Sería borrón y cuenta nueva, pero incumplió su palabra. Mientras juraba, escondía con celo una caneca pequeña con Whisky en su ropa. Ni una sola de todas las advertencias de la peligrosidad de la excursión fue suficiente. Ni una sola chispa de sentido común pudo evitarlo. Su marido vació a escondidas la caneca, a sorbitos, durante la marcha. La última gota le cabreó. Estaba incómodo, cansado, contrariado, perdido.

En un pequeño descanso en el camino pidió a Valentina que sostuviera su gorra para arreglarse sus botas. Era sencillo. Agarrar la gorra y devolvérsela. Valentina se despistó. La gorra se le fue de las manos y cayó por el despeñadero. No fue inocente. Su marido la acusó de soltarla con toda intención. Montó un escándalo de vergüenza. Le llamó de todo, empezando por inútil. La insultó a espuertas delante de sus amigos, de los recién conocidos y de los que faltaron por conocer. Intentaron detenerlo sin resultado. La necedad es así de bruta. No tiene remedio. El hecho no pasó inadvertido. Le pidieron que fuera delante con los monitores, pero él insistió en ir el último, detrás de Valentina.

En realidad todo estaba perdido, lo sabían de sobra, pero él, el innombrable, de una forma enfermiza, insistía en ahogarla sin agarrarla como debía. Una absurda fuerza, entre materna y masoquista, le impedía a Valentina dejarlo y huir. Le odiaba. Le despreciaba. Lo había intentado en varias ocasiones sin éxito. Siempre cedía. Era débil.

El grupo continuó la marcha. Cuando atravesaba una vía ferrata en el paso de Punta de las Olas, en el paraje de Fuenblanca, allá en las inmediaciones del refugio de Góriz y el collado de Añisclo, en el Pirineo oscense, el grupo se estiró lo suficiente como para no controlar qué pasaba en la cola de la fila. Su marido tropezó. Se agarró de ella para evitar el vacío. Pero Valentina le soltó. No lo salvó. No le ayudó a salvarse. Él cayó, como su gorra, por un barranco de unos veinte metros. Se escucharon varios golpes secos. Valentina gritó, entró en shock, apenas podía moverse.

No había cobertura telefónica. No era posible avisar al 112. Dos de los monitores, después de pactarlo con el grupo, emprendieron camino para buscar señal y hacer la llamada de socorro. Cuatro horas después de marcha ininterrumpida lograron dar aviso a Emergencias.

El Grupo de Rescate e Intervención en Montaña (GREIM) de la Guardia Civil evacuó al grupo a Aínsa. Al día siguiente extrajeron el cadáver en un helicóptero de Benasque. Valentina y sus dos improvisados compañeros, en realidad eran amigos de su marido, permanecieron en Aínsa hasta que les comunicaron, un día después, que los politraumatismos que le produjo la caída, le provocaron la muerte. El gobierno de Aragón envió un técnico para prestarle asistencia médica y psicológica y sacarla del *shock*. Todos apuntaban como causa del accidente a un terrible y fortuito resbalón (no era la primera vez, estaban de hecho advertidos y él encima había consumido alcohol) pero Valentina era consciente que, aunque no había sido premeditado y alevoso, había sido intencional. Esa noche ella se convirtió en una asesina. Valentina lo sabía, lo experimentó de primera mano: lo único insuperable es la muerte.

Lenincito la miró, sonrió y le guiñó el ojo de nuevo. A continuación preguntó: ¿Cuándo viene? ¿Gigi cuando viene? Y a Valentina, sin venir a cuento, le vino a la cabeza el tridente en forma de flecha grande, los tres acofá, y la espada sobre el freidor de hierro que botó a la basura. Era el receptáculo de Oshosi, el guerrero, relacionado con la cárcel, la justicia y con los perseguidos. Gigi la protegía. Aquellas herramientas eran suyas.

La American Patrol recibió la enhorabuena de la mismísima teniente coronel Súper-Jefa Josefina. No era habitual. No era su estilo; pero era un caso difícil, inédito, y lo resolvieron con rapidez y diligencia. El premio fue una honorable palmadita en el hombro. Después de la retreta se reunieron en el despacho de Danger; en una especie de terapia informal que acostumbraba a hacer la Jefa sin agenda, orden del día u objetivo específico. Era solo un momento para beber café y soltar la lengua. En cualquier otra parte le llamarían *brainstorming*. Cada uno podía poner sobre la mesa lo que quisiera. Danger colocaba un cartel en la puerta que avisaba: NO MOLESTAR. Algo informal menos confuso que PRIVADO. Jamás nadie se atrevía a no respetarlo. Era una orden. La puerta tenía un pestillo por dentro y se abría hacia afuera. Hubo una excepción, una única ocasión en la que un oficial zarandeó la puerta gritando como un energúmeno para que le abrieran. Chillaba que "qué era eso de encerrarse" delante de sus narices. Cualquiera podría imaginar, a juzgar por su actitud, que allá dentro fumaban mariguana o bailaban el perchero. Danger abrió la puerta con tal violencia y fuerza, que le destrozó la nariz. El hombre intentó golpearle con la culata de la pistola pero la máquina letal de mediana estatura, caderas anchas, pelo castaño con mechas blancas cortado por capas, y sensuales ojos pardos le sorprendió con una patada precisa que le rompió una costilla.

Fue como si entrara en trance. Para pararla tuvo que intervenir toda la unidad. Estaba tan furiosa, que fue necesario esposarla para evitar que se hiciera daño a ella misma y, por supuesto, a nadie más.

La castigaron por eso, una especie de plan pijama, sin licencia ni sueldo, durante un mes. El oficial fue trasladado a otra instancia para evitar cualquier otro incidente. Nadie olvidó la furia de aquella chica menuda, caderas sexis, pelo arreglado y ojos sensuales que peleaba como un hombre de seis pies, con seis litros de capacidad pulmonar.

Se debatió incluso acerca de si debía ser apartada de la unidad, pero era solo una posibilidad remota. Danger no se metía con nadie, trabajaba más que cualquiera y no había caso que se le resistiera. No tenía vida privada. Desde hacía mucho tiempo, que nadie era capaz de recordar, siempre estaba allí, entregada a la causa. A veces parecía que dormía en el incómodo sofá de su despacho y se alimentaba con aire; jamás alguien le había visto comer en la unidad. A la vista de todos solo bebía café. No podían deshacerse de ella, de ninguna manera. Había que mantenerla bajo control y eso era algo que a Josefina se le daba bien. Josefina, que ni era José, ni era fina, siempre la trataba con respeto y distancia y reconocía su esfuerzo cuando era menester. Era hosca, tosca, áspera, machorra, agresiva, no dejaba pasar una, pasaba de cero a cien en cuestión de milisegundos, pero era sincera, eficaz, leal y tenía un extraño don por el que sus compañeros le adoraban. Todos preferían tenerla de amiga que de enemiga. Era la mejor investigadora, con diferencia.

Habían tenido tres muertes en el mismo edificio en menos de un mes. Todo parecía indicar que se trataba de una casualidad, pero todos tenían alguna relación entre sí. Josefina quería cerrar el caso. Danger no. Bobe era el marido de Gigi. Axila era la vecina del afectado, vivían puerta con puerta.

Se habían distanciado porque Axila se había acostado con Bobe. Pero en el momento de la vomitona, Bobe y Gigi yacían en el más allá. No había ninguna posibilidad de que pudieran estar implicados.

—Gigi era bruja —dijo English.

—Santera —rectificó Tom.

Danger no dijo nada. En aquel barrio cualquiera era santera, bruja, supersticiosa, religiosa... Cualquier era creyente, de la Regla de Osha-Ifá, babalawo, abakuá... En Cuba el que no tiene de congo, tiene de carabalí. En tiempos difíciles, la fe mueve montañas. La gente se agarra a lo que sea con tal de sobrevivir. Danger conoció a Gigi. Acudió en persona a su casa para tirarse las cartas; la primera vez que vio en peligro su relación con Sofía. Pero calló. Por ahora no era relevante. De eso harían unos cinco años.

Parecía que aquello no daba más de sí. Después del café cada uno siguió a lo suyo, a su rutina de oficina. Danger quedó mirando el techo. Le faltaban losas de yeso, se podían ver los cables serpenteando sin cuidado hasta la luz y el ventilador. Hacía falta más de una mano de pintura. Todo está descuidado. Incluso allí, todo está siempre a medias; entre empezar y terminar. Danger cogió el teléfono y llamó a la extensión interna de Sofía pero colgó de inmediato sin esperar el primer timbrazo. Todas las llamadas eran grabadas. No había sido informada. Lo sabía y punto. Tampoco era nada extraño.

Después de una hora meditando, sin quitar el cartel, recogió sus cosas y salió en busca de su moto. Asomó la cabeza en la oficina de la Súper-Jefa para avisarle:

—Josefina —era la única que llamaba a la teniente coronal por su nombre—, voy a salir... tengo que resolver una cosa. Cualquier cosa me llamas al celular. ¿Ok? —Josefina asintió levantando la mano y Danger salió pitando rumbo a Micro X, Alamar.

Valentina nunca supo por qué lo hizo, por qué soltó a su marido, por qué lo dejó perderse en el vacío hasta reventar en las rocas. La memoria juega malas pasadas. Reinventa los hechos una y otra vez. No fue para salvarse. No tenía el más mínimo riesgo de caer con él. Fue para matarle. Debía vivir con eso el resto de su vida; con un muerto encima, con todo su peso muerto, con la pesadilla que significa jugar a ser Dios. Nada puede cambiar ya las cosas. No hay nada que hacer, que pueda cambiar nada.

Ni siquiera fue sospechosa. Se podría decir que había sido un crimen perfecto. ¿Quién sabe? Apenas durmió durante meses para evitar decir cosas que pudieran perjudicarle. Cuando se sorprendía dormida sudaba sin parar; un sudor impertinente, descarado, importuno. Tuvo miedo de sí misma. Se ha ido, pero puede volver. Estaba condenada. Su secreto podría ser revelado y ella ser juzgada por su crimen. Pudo soportar los pésames y abrazos de sus familiares postizos en una especie de letargo en el que no existía, en el que se perdió. Como el que silba una canción mientras se dirige al paredón para no creer en lo que está sucediendo; para olvidar que solo en cuestión de minutos dejará este mundo. Y ya nada tendrá sentido, ni valor.

Al final se convenció, de tanto pensarlo, que ella no lo mató. Que solo fue un hecho desafortunado, una cuestión de equilibrio, en el que el maltratador se precipitó. Que esa mano congelada, que aún siente agarrándose de ella, no fue más que una ilusión. Pero eso fue ya en Lisboa.

El temor a ser descubierta le hizo emigrar de nuevo. Lisboa era un buen lugar, un sitio que le encantaba, al que volvería siempre. Aprendería portugués, no parecía difícil, y empezaría una vida desde cero teniendo mucho cuidado de elegir bien a quién llevarse a la cama. Hizo las maletas y partió sin dejar nada atrás. El muerto se fue con ella.

A través de Magda, Valentina consiguió que le hicieran a Lenin un análisis clínico completo y también una cita con la psiquiatra del policlínico en dos semanas. La doctora atendía solo un día a la semana y no tenía hueco libre. Tendría que esperar unos quince días. Todos se mostraban amable con él. Él no se despegaba un segundo de Valentina. Seguía preguntando: ¿Cuándo viene? ¿Gigi, cuándo viene?, a todo el que se cruzaba en su camino; pero Valentina sabía que, trauma aparte, él también era un poco así. Su mente era ocupaba por una sola cosa y ahora era Gigi. Debía sustituirla por otra que le diera paz y tranquilidad y le permitiera seguir con su vida.

Magda la acompañó y también se comprometió a ayudarle con los trámites del certificado de defunción, la tutoría, los servicios sociales, y un largo etcétera de papeles. A Valentina todo esto le superaba, pero para Magda todo era solo cuestión de tiempo y dinero. Iba repartiendo billetes de un dólar por aquí y por allá y los funcionarios iban avanzando, incentivados con su trabajo. Valentina sentía vergüenza, estupor, rabia; jamás había imaginado que la corrupción se filtrara en el poder judicial a esos niveles, pero era consciente de que debía resolver todo esto en un tiempo límite (imposible de cumplir dentro de la "normalidad" de los plazos burocráticos) y también de que no iba a ser ella, ni mucho menos, la que resolviera los problemas morales de Cuba. ¿Quién sabe cuántos años harían falta?

Al llegar a casa preparó un café. No estaba tan bueno como el que bebía en Lisboa, pero tampoco estaba mal, ni ella lista para exigencias. Allí se encontraban los tres, sentados en el salón, cuando apareció Danger en el umbral de la puerta. Valentina le invitó a beber café y Magda, sin mucho disimulo, se disculpó para retirarse. Danger le preguntó a Lenin que tal estaba a lo que él respondió con un guiño del ojo, un movimiento de cabeza y una pregunta: ¿Cuándo viene? Sintió pena, mucha pena, de ver a alguien en una situación tan vulnerable.

Conversaron casi como dos buenas amigas. Danger pudo corroborar que, en efecto, los frascos de perritos, habían sido comprados por Valentina. Solía arrancarle las etiquetas y la manera en la que las embalaba producía marcas distinguibles. Con toda seguridad, Gigi fue la que vendió o regaló (eso era irrelevante) la súper lata XXL de salchichas. Luego Danger hizo una extraña confesión mientras no paraba de morderse el pelo:

–Yo conocí a tu madre. No éramos amigas pero si, la conocí. La gente le tenía mucho cariño –Valentina escuchó con tranquilidad su conversación; con tanta, que Danger prefirió dejarlo ahí y ahorrarle detalles desagradables.

–Mi relación con ella no era ni siquiera buena –devolvió Valentina otra confesión–, pero eso supongo que ya lo sepáis –concluyó sonriendo– y no tiene la menor relevancia.

Y no. Danger no lo sabía. Si sabía que tenía una hija que vivía en el exterior pero no, no sabía que tipo de relación mantenían, ni por qué ella se lo confesaba apenas sin conocerla. En cualquier caso podía entenderla. Ella tampoco tenía demasiado buenas relaciones ni con su madre, ni con nadie; aunque no lo fuera contando por ahí. Después de un rato Danger montó en su moto y partió. Tampoco sabía con exactitud qué le había impulsado a presentarse allí. Podía justificarlo con la lata pero sabía que no era cierto. Un inusitado estímulo irreflexivo propinó el empujón.

Nada más salir por la puerta, sonó el teléfono.

–¿Qué hacía esa ahí? –preguntó Magda.

–¿Esa?

–Si, esa misma, la policía.

–Averiguaciones –dijo Valentina mientras iba a buscar la escoba y el recogedor–, quería saber una cosa.

–¡¿Una cosa?! Tinita yo no se si tú sabes, pero esa mujer es tortillera.

–No, no lo sabía. Pero... ¿eso que tiene que ver?

–No se. Yo te lo digo para que tú lo sepas; así que hasta aquí las clases. Lo que queda... te lo dejo de tarea. Que luego la gente empieza con el que dirán, el patatín y el patatán.

–¿Tú ves por aquí alguna gente preocupada por mi hermano, Magda? No te tomes a mal lo que te voy a decir... pero me importa una mierda lo que piense la gente. La gente no me da de comer y tampoco, excepto raras excepciones, le da de comer a Lenin.

–No se, tú verás. Ya estás informada... –Valentina pasó la escoba por debajo del sillón donde se sentó Danger para recoger el pelo que había visto masticar con sus dientes, pero no había nada–. Tina, ¿estás ahí? –preguntó Magda intrigada por el repentino silencio.

–Si, perdona que estaba haciendo una cosa mientras hablaba contigo.

–¿Qué cosa niña? ¿Qué cosa estás haciendo tú a estas horas?

–Barriendo –respondió aunque en realidad no había nada que barrer.

–Bueno, como te dije, te lo dejo de tarea.

–Gracias. Me doy por enterada. Por cierto ¿tú conoces a alguien que pueda cuidar de Lenin?

–No se chica. Déjame averiguarlo. En el 20 me parece que hay una señora que podría. Déjame llamarla.

Después de un rato más de cháchara cansina y prosaica Valentina colgó y se puso a ver la televisión con Lenincito. Estaban dando noticias de una isla de las Antillas Menores a la que habían enviado una pequeña delegación de médicos cubanos. Todos los nativos que entrevistaban se mostraban muy contentos y agradecidos por una atención médica tan profesional. Valentina pensó en qué pasaría con los nativos de Micro X, si se les encuestara para la televisión de esa otra isla con la misma pregunta. Cuba exporta médicos y ella debe esperar dos semanas por una consulta para su hermano disminuido psíquico después de un trauma tan tremendo. En casa del herrero, cuchillo de palo.

–Danger –ordenó Josefina, abriendo su puerta lo justo para meter medio cuerpo; que no es poco–, vete con tu equipo otra vez a Micro X. Hay un nuevo caso –soltó con un suspiro de cansancio o de hartura, quién sabe.

Danger obedeció, hizo una seña a English y a Tom, que recogieron ipso facto el equipo de rutina, y salieron. ¡Qué cosa más grande caballero! ¡Nunca he visto cosa igual!, confesó English, nada más arrancar, desde el asiento trasero. Tom pensó: «cómo es posible que no pudiera ver algo, con esos ojos de sapo enormes», pero se reservó el chiste para él. Fue toda la conversación que tuvieron durante el viaje. Al llegar, había tantos curiosos que parecía que, en lugar de encontrarse a un muerto, verían al propio Fidel Castro en persona pronunciar un discurso. Apartaron a la gente para abrirse paso hasta llegar a la zona acordonada. Un guardia negro enorme le saludó con un gesto marcial y a continuación señaló hacia un coche de policía parqueado a unos 10 metros.

El cadáver ni siquiera estaba cubierto con una sábana ordinaria. Tom salió diligente hacia el coche y Danger empezó a dictar, mientras English tomaba nota: Hombre blanco, alrededor de 40 años, estatura media, yace tendido en el suelo atravesado por una cabilla. Luego se detuvo, miró hacia arriba y a continuación pasó un reconocimiento rápido al edificio. Era justo el bloque A. En el primer piso vive Lenin.

English empezó a tomar fotografías, mientras Danger hacía una inspección visual del cuerpo. Debajo del hombre se extendía un charco de sangre. No habría pasado ni una hora desde que aquella barra le atravesara. English, ordenó Danger, cuando termines de hacer el levantamiento, ordena que lo trasladen al Instituto, y a continuación se dirigió hacia donde antes había indicado el guardia.

Al lado del coche estaba Tom tomando notas a un hombre derrumbado, en estado de *shock*. Tom se apartó para hablar a solas con Danger.

–Jefa, el sujeto se llama Justo. Dice que se le cayó una cabilla desde la azotea. Dio un mal paso, casi se despeña y se le fue de la mano. Después se asomó y vio a este otro sujeto, llamado Marino, que estaba en el suelo en un charco de sangre atravesado por la cabilla. Está en *shock*.

–Que se lo lleven al policlínico para que lo tranquilicen. Investiga a los dos –tampoco tenía que malgastar tiempo en detalles. Tom sabía a la perfección qué debía hacer. Se trataba de recopilar todas las pruebas para que un juez pudiera determinar si hubo o no intencionalidad, de saber todo lo que pudiera acerca de cada sujeto: si se conocían, si tenían amistad o enemistad, si hubiera algún posible motivo para que uno quisiera acabar con el otro, etc. Protocolos rutinarios que hacían casi como un acto reflejo.

Una hora más tarde llegó otro carro, cargaron al cadáver y se lo llevaron. A continuación los vecinos pusieron el motor del agua del edificio para que, con una manguera, pudieran limpiar todo aquello. A las dos horas parecía que no hubiera pasado nada. Excepto que todo el mundo, menos Valentina y Lenin, que por suerte andaban de paseo por la Habana Vieja, comentaba el trágico accidente adulterado por la morbosidad de rigor.

Valentina y Lenin no fueron a pasear a la Habana Vieja; no con exactitud. En efecto, ajena a su voluntad, habían compartido un carro de alquiler, de esos que siguen en funcionamiento gracias al milagro, con otras tres personas, sin incluir al chofer. Habían tomado un helado frente al Parque Central. Habían paseado por el costado del Museo Nacional de Bellas Artes y se dirigían hacia la Loma del Ángel para doblar por Chacón hasta la calle Habana. Allí, en Hermanas del amor de Dios, debía ver a Sor Teresa. El carisma de las Hermanas es precioso: encarnar el amor de Dios en la vida. Hacer todo con amor y por amor.

Tocó en una enorme puerta de madera y esperó con suma paciencia a que abrieran. A punto de desistir, rugieron las bisagras y la puerta se entreabrió. Un señor vestido de civil preguntó a qué se debía la visita. Valentina le explicó que había intercambiado correos electrónicos con Sor Teresa y venía a verla. Tenía una cita. El hombre dudó pero, al final, les invitó a pasar y esperar dentro. Avisaría a Sor Teresa. El edificio era enorme. Tenía un gran patio interior que lucía un jardín cuidado con extrema meticulosidad. Había pocas personas. Allí dominaba el silencio.

Minutos más tarde apareció Sor Teresa. Una diminuta señora, con su hábito y velo colocados de manera impecable, saludó con la cabeza y fue directa al grano:

–¿Qué se le ofrece?

–Mi nombre es Valentina y él es mi hermano. Fui yo quien le escribió por email y usted me invitó a que viniera a verla aquí –Estaba claro que la mujer no la reconocía. O bien no era ella quien respondía a los correos de la orden, aunque fuera al suyo particular, o bien tenía cosas más importantes que hacer.

Valentina le explicó, sin entrar en detalles, cuál era el motivo de su visita. Lo que se podía resumir en una sola pregunta: ¿Cómo podría ayudarla? La monja no le hizo perder el tiempo. No podía. Ellas se dedicaban a otra cosa, que tampoco tuvo a bien explicar. Colaboraban con hospitales, entre ellos uno especial dedicado a discapacitados, pero no disponían de ningún tipo de infraestructura que les permitiera "cuidar" de personas discapacitadas. No había orfanato, ni sanatorio, policlínica o manicomio. Nada. Todo lo que hacían, con amor y por amor, estaba muy lejos de Lenincito.

Valentina tampoco le hizo malgastar su tiempo. Sor Teresa parecía enfadada. Hablaba con sobrada brusquedad y rudeza rozando el desprecio y la antipatía. Por un momento tuvo la impresión de que le estaba juzgando. Lenin era una carta para la que buscaba un buzón. Se despidió con desmerecida cortesía. La primera opción quedaba desechada. La primera cruz descartaba gran parte de sus esperanzas. La piedad, compasión, misericordia era otra cosa. Había entendido mal.

Valentina se enteró del suceso nada más llegar. El mar batía con furia. El tiempo estaba malo. Decían que el túnel estaba inundado y el tráfico cortado. Consiguió que un taxi amarillo les llevara bordeando la bahía de la Habana, pagando por casi diez pasajes, en lugar de dos, pero fue como una especie de recorrido íntimo. Lenin recordaba cosas. Mira, repetía incansable señalando con el dedo y guiñando un ojo. Valentina no supo a qué se refería con exactitud en cada gesto, pero eran sitios comunes. Eran lugares que pertenecieron a su infancia y que, tenía la impresión, disfrutaba al repetirlos con ella. En Regla también señaló varias casas y mencionó nombres ya borrados de su memoria. Valentina se sentía como un casco blanco atravesando un territorio ocupado. El destrozo era total. El taxi parecía una culebra evitando agujeros, charcos, desechos abandonados en la carretera, zombies que cruzaba sin temor a ser atropellados, perros sarnosos, bicicletas sin luces, camiones humeantes, caballos tirando de carricoches, etc. Por un momento le pareció jugar en un videojuego futurista y distópico con la misión de evitar esos obstáculos mortales en un supuesto mundo poshumano.

Apenas Lenin metía la llave en la cerradura sonó el teléfono. A Valentina le impresionó la sincronización, pero no era difícil imaginar que Magda llevaba llamando un buen rato o que estuviera asomada por su ventana vigilándola. Ya no tenía a Axila para desahogarse; así que la pobre Tina tenía que armarse de paciencia una vez sí y otra también.

Magda le relató el hecho con todo lujo de detalles.

—Ese maricón era un... ¿cómo se llama eso chica?, ¿esos a los que le gustan los niños?

—Pederasta.

—Eso, eso mismo.

—Pero ¿ha estado preso por eso? ¿Tenía alguna denuncia?

—Ay chica, que ingenua tú eres. Nunca te crees nada. No sé pa' qué te cuento.

—No es eso Magda. Acusar gratis a alguien de cualquier delito es tremendo, pero de pederastia... es muy, muy, grave.

—Aquí to' se sabe niña. ¿Sabes quién lo sabía? —preguntó insertando una pausa dramática—: mi amiga. Mi amiga lo sabía todito, que en paz descanse. Tu madre lo sabía requetebién. Ella me lo juró. Una vez vino una mujer a tirarse las cartas con su niña pequeña y ella lo vio. ¡Ay, si yo te contara! ¡Ay mi amiga, cuánto te extraño! Ella decía que se haría justicia y mira... ahí está. ¡Ay Dios mío!

—¿Ella quién?

—Niña ¿quién va a ser?, tu madre —Magda hablaba sin parar y sin pensar. Era muy difícil seguirle el hilo de cualquier conversación.

—Magda ¿tú conoces a una tal María Cristina?

—¿Qué María Cristina? ¿La cochina de Cojímar?

—No se. Por eso te pregunto.

—Si hija si. Esa gorda es una puerca —adjetivó como si ella fuera una sílfide—, le robó a tu mamá y le quedó debiendo un montón de dinero. ¿Por qué? ¿Qué pasó con esa hija 'e puta?

—Ayer llamó, por la noche. Dijo que era amiga de mi madre, pero en realidad lo único que hizo fue insultarme.

—¡Qué fresca! Mira, mira que...

—Me culpó de abandonarla. Según ella mi madre se lo confió. Que yo no me ocupaba de ella.

—¡Eso es mentira! ¡Ay qué hija 'e...

–También me reclamó dinero que dice que mi madre le debía.

–¡¿Tú qué le dijiste?!

–Que lo arreglara con ella. Yo no tengo nada que ver con eso. Quería que le diera 2000 pesos.

–¡Qué descará! ¡Ay mi madre, qué fresca es la gente! ¡Cuánta bajeza! ¡Qué asco de vida! Tú no le hagas caso Tinita. Cuando llame alguien así, con esa frescura, cuélgale. Ignórala. Mira que decir eso. ¿Y le dijiste eso?

–¿Qué voy a decir? No es la primera. Ya han llamado por lo menos tres personas reclamándome dinero.

–¡Ay Dios mío! Aquí se ha perdido hasta la vergüenza. Ya no hay ni decencia. ¡Qué asco! ¿Qué asco de vida!

–Bueno, ya hablaremos con calma pero me temo que sí, que tu amiga estafó a toda esa gente.

–Ay Tinita, no digas eso.

–No digo nada. Ni se, ni quiero saber. Pero, teniendo en cuenta toda la locura que había aquí y mi experiencia con tu amiga, la verdad es que me creo cualquier cosa.

–Bueno, eso sí es verdad.

Como de costumbre le costó trabajo colgar. Siempre era así; y cuando por fin creía que lo había conseguido, volvía a llamar. Aunque esta última vez mereció la pena. Había conseguido a una persona que estaba dispuesto a cuidar de Lenin. Valentina debía de entrevistarlo al día siguiente a mediodía. Dicen que un clavo saca a otro.

Tom entrevistó a mucha gente. Eran dos viejos conocidos. Justo, el del *penthouse*, era un viejo tranquilo que no se metía con nadie; un jubilado del Ministerio del Interior, internacionalista, del Partido, que ganó su casa por sus méritos revolucionarios. Nadie podía jurar que no hubieran tenido algún si o un no entre ellos dos, pero todos lo dudaban. De Marino se decían muchas cosas, pero Justo no se metía con nadie. Aquel negro flaco canoso era muy educado, servicial y asistía a todas las actividades del Comité con estricta puntualidad. Todo parecía indicar que, en realidad, había tenido la desgracia de llevar una cabilla en la mano y no la pudo agarrar con la fuerza suficiente cuando se cayó; con el agravante de que la casualidad colocara a Marino justo ahí abajo, en ese momento. Para colmo aquella varilla de hierro, medio oxidada, descendió como una jabalina para clavarse en el desdichado. Quizá la vio venir, presintió lo que pasaría si no se quitaba, pero no le dio tiempo. Fue todo demasiado rápido.

Con Marino otro gallo cantaba. No era militar. No era del Ministerio del Interior, ni internacionalista, ni del Partido, ni ganó su casa por ningún mérito, ni asistía a ninguna actividad cederista. Era un civil que había llegado al apartamento 1A del bloque izquierdo hacía unos años a través de una permuta. No era confiable. Las malas lenguas le señalaban con saña. Era un pedófilo.

No había acusación formal alguna. Nunca había estado preso, pero llevaba un tatuaje invisible en la frente: pervertido. Vivía solo. Era raro, delgado, de cara angulosa, muy afeminado. Un vecino alertó a Tom: Dicen por ahí, eso dicen, no lo digo yo, que al parecer le gustaban los niños. «¿Cómo era posible?», pensó. Con tan nefasta reputación, no había conseguido ni un solo testimonio serio de un miserable hecho. Nadie tenía algo concreto que declarar en su contra pero nadie, ni una sola alma, dijo nada a su favor. Trabajaba en una cafetería. Era un ser repugnante que no se relacionaba con el resto... y punto.

La necropsia clínica no reveló nada especial; solo las secuelas que dejó la improvisada jabalina. El informe final era bastante escueto:

El cadáver yacía atravesado por una barra de hierro ordinaria de construcción. La cabilla, que cayó desde unos 9 o 12 metros, atravesó a la víctima a una velocidad de entre 30 y 40 km/h. Entró por el costado izquierdo del pecho, atravesó el pulmón, el corazón, el diafragma. Salió por el costado y lo mató en el acto.

La gente tenía razón. En el registro practicado en su apartamento se incautó una gran cantidad de material pedófilo. Muchos CD, DVD y discos duros que la unidad de investigación criminal puso en manos de la justicia de inmediato. La policía estaba consternada. No tenían ni siquiera la sospecha que existiera un mercado tan repugnante en la ciudad. Tenían trabajo de sobra para identificar a todos los elementos de la red, juzgarlos y encerrarlos. La pedofilia y la pornografía infantil estaba ahí, no podían ocultarlo, les había explorado en la cara, algo tenían que hacer y rápido.

Nunca lo reconocerían, pero la violencia, el alcoholismo, la promiscuidad y la permisibilidad, abonaban el terreno. El Código Penal cuenta con medidas no privativas de libertad para estos casos. Así de sencillo.

Se puede sancionar a un individuo a cinco años o a menos de cinco años de privación de libertad, pero también a trabajo correccional con internamiento e incluso sin internamiento, bajo control, permaneciendo en su domicilio. Marino se libraba de cualquier castigo menor. Nadie se ocuparía de buscar un culpable. Él era ya demasiado culpable. La policía tenía cosas mejores que hacer, como saber qué estaba pasando allí, delante de sus narices, y averiguar quiénes eran los culpables.

Arturo se presentó justo cuando el minutero se posó sobre el 12 en el reloj que Valentina había traído y colgado en la pared del salón; algo paranormal y estrambótico en la Habana. Al verlo entrar sintió un ligero vértigo, como una especie de retortijón estéril. Aquel ser regordete y ambiguo tenía la misma cara que Gigi, su madre.

El hombre se presentó, mientras Lenin no le quitaba la vista de encima sin abrir la boca. Resoplaba, como si tuviera la nariz tupida, pero eso era algo bastante frecuente en él. ¿Cómo era posible? Magda ni siquiera se levantó del otro sillón para saludar. Se notaba su incomodidad en sus estirados 360 grados. Ella, la incómoda, la que no cabía en ningún lugar por su fastidio, parecía mucho más disgustada; pero no se fue.

Valentina invitó a sentarse a Arturo y le ofreció café. Él agradeció con una tímida sonrisa y por un momento aumentó su parecido. Se podía cortar el aire con un cuchillo. Para rebajar la tensión, Valentina confesó lo que todos pensaban:

—Espero que no te ofenda pero... ¿te han dicho lo mucho que te pareces a mi madre?

—Si mija, si. Lo se y no me ofende. Al contrario, a mucha honra. Yo conocía a tu madre. Venía aquí a que me tirara las cartas. Era muy buena persona —Arturo hablaba como una mujer con voz de hombre— y se portó muy bien conmigo.

Lenin lo miraba inexpresivo. Era evidente que, si había ido a su casa, le conocía. Pero él era así, y de hecho ni siquiera pasaba por su mejor momento, así que no era del todo así, pero no se le podía pedir más. Arturo tuvo cuidado de saludarlo sin molestarle; algo que Valentina no pasó por alto.

Al fin Magda se fue con la excusa de preparar la comida y los dejó solos. Arturo se acomodó como pudo en el otro sillón, cruzó las piernas y charlaron. La conversación transcurrió con fluidez y buen ambiente. Se pusieron de acuerdo en lo económico. Arturo cobraría cincuenta dólares por hacer todo lo respectivo a la casa: limpiar, cocinar, atenderlo, llevarlo al médico cuando fuera necesario y poco más. Además dispondría de otros cincuenta dólares para la comida. Aseguró que con eso no tendrían ningún problema. Quedaron en que compartirían la última semana; así la transición sería más suave. El tema peliagudo eran las noches. Él no podría quedarse a dormir. A Valentina le preocupaba la seguridad de Lenin.

Había encargado rejas para las ventanas, una cerradura nueva y un buen candado (le aseguraron que era de los mismos que se usaban en la prisión del Combinado del Este) pero Lenin, aunque Arturo lo dejara cenado y durmiendo, podría despertarse a media noche y hacer de las suyas. Debía mantener todos los medicamentos fuera de su alcance, los cubiertos, las tijeras, cualquier cosa con la que pudiera hacerse daño. Era mucho más complicado de lo que había supuesto. Era lo más grave a lo que se enfrentaba en su vida, lo más complejo que debía arreglar y no estaba preparada. Nadie le enseñó qué hacer en estos casos. Era fácil equivocarse. Era difícil enmendarlo.

–No te agobies cariño –le dijo Arturo–. Tú vas a ver cómo no va a haber ningún problema.

Valentina estuvo a punto de emocionarse, pero lo evitó. Arturo aún no se había ido cuando sonó el teléfono.

–¿Todavía sigue esa cosa ahí? –preguntó Magda del otro lado. Valentina colgó sin más. Arturo la miró con expresión de interrogación.

–Una equivocada –dijo Valentina.

Arturo se fue y prometió regresar en un par de semanas, justo cuando Valentina estuviera a punto de regresar.

–¿Te cae bien Arturo, Lenincito? –le preguntó a su hermano.

–Me voy a matar. Estoy viejo. Me voy a matar –contestó refunfuñando.

–¿Quieres que te mate yo? ¿Eso quieres? ¿Quieres que me mate yo?

–No, no –pareció rendirse ante el pulso indefenso que lanzaba–. No. ¡Pinga!

–¿Quieres ir a tomar un helado?

Lenin no contestó con palabras, asintió con la cabeza y se levantó como un muelle para ir a su habitación a vestirse. Se puso el chandal rojo y blanco combinado con sus tenis nuevos, también rojos y se plantó delante. Valentina lo perfumó con colonia y lo peino con cuidado. Cuando estaban a punto de salir sonó el teléfono de nuevo. Era Magda.

–¡Mijita!

–¿Qué?

–¿Me colgaste?

–Si.

–¿Por qué tú hiciste eso?

–Porque es de muy mal gusto que llames a Arturo "esa cosa", de hecho no dudo que te haya oído.

–A mi que me importa. Si eso es lo que es: un engendro.

–Mira Magda, a mí si me importa y te quiero a decir una cosa. Yo te estoy muy agradecida por todo lo que has hecho por Lenin y por mí –Magda estuvo a punto de interrumpirle pero no le dejó–. Déjame terminar. No me gusta nada esa forma que tienes para dirigirte a las personas.

–¿Qué forma?

–Despectiva, envenenada, ofensiva, agresiva. Haces comentarios muy racistas y homófobos. ¿Qué tienes en contra de una persona que tuvo la desgracia de nacer con el sexo equivocado?

–¡No hija no! A mí me da lo mismo lo que haga con su culo. Como si se las quiere meter dobla's. Pero sí que es un engendro. ¿Tú vas a dejar que esa cosa cuide de tu hermano?

–Has sido tú quien lo recomendaste, ¿no?

–Me confundí. Pensé que era su hermana la que venía. Yo hablé con ella. No sabía que me estaba hablando de él.

–De verdad Magda, te pido por favor que no te expreses más así delante de mí. Me ofende. Es innece...

–Mira Valentina, a lo mejor Europa está llena de maricones y todo eso es normal pero aquí ¡esto no es así! Ay, lo que una tiene que oír. ¿Así que te ofendo? Yo lo hago por tu bien y ¿te ofendo?

–Te estoy muy agradecida por todo lo que haces y has hecho. Te lo repito. Solo te pido un poco de respeto. Nada más.

Entonces fue ella la que colgó. Fue Magda la ofendida. Ahí quedaba la acusación de malagradecida flotando en el aire. Valentina empezaba a hartarse de su incómoda vecina. Todo el mundo era malo. Todo el mundo era asqueroso. Todos el mundo excepto ella. Pero lo peor, lo más terrible de todo, era que se comportaba como una pequeña fascista: Si no estás conmigo estás contra mí. Algo que cada vez le sonaba con mayor familiaridad en toda la vecindad. Algo que ya empezaba a atragantársele.

El último *brainstorming* de la American Patrol fue el más extraño que habían tenido hasta el momento. Todos intentaron hilar los mismos hilos en vano. ¿Por qué? Era la pregunta que flotaba en el aire. ¿Era cosa de la casualidad? O ¿qué cosa podía ser? Una enorme sospecha flotaba sobre sus cabezas, una gigantesca nube etérea, en la que no se podía distinguir ningún animal; pero aquí, en la tierra, no había ni sombra de la nube.

Estaba claro que el autor o la autora de los actos no podía ser un asesino en serie. No había pauta, patrón, redundancia, repetición. No había nada que indicara una relación entre una muerte y otra. No había gratificación psicológica. No eran capaces de distinguir nada, ni grande, ni pequeño; ni lejos, ni cerca. Ni siquiera se trataba de crímenes. No había "casos". Solo una insoportable sospecha. Una lluvia que no moja, pero empapa. La mayor concentración de muertes en tiempo y espacio jamás experimentada.

Danger era y ejercía como perito e investigadora, en definitiva era la responsable de la guardia operativa, la inspectora de la American Patrol. English era perito criminalista. Tom hacía de chofer la mayor parte de las veces, pero era tan investigador como Danger. En realidad se podría decir que se solapaban en gran parte del trabajo, pero sin intromisiones absurdas.

Tom no solo manejaba. Aunque Danger lo supervisaba y firmaba todo, Tom se encargaba en gran medida del trabajo sucio, del papeleo, de la toma de declaraciones, interrogaciones, detenciones, levantamiento de denuncias, etc. English también se implicaba con lo que fuera. Hacían un equipo poco habitual. Entre los tres se cuidaban del resto. Se protegían. Era una pequeña manada. No eran amigos en el sentido más literal del término. No salían juntos. No se llamaban los días de fin de año y mucho menos en los cumpleaños, pero eran más que eso: una piña expuesta al peligro a diario, una especie de hermandad condenada a protegerse para sobrevivir. El riesgo une; como si la vida de cada uno estuviera en manos del resto. Ellos lo sabían y, aunque jamás hablaron del tema, se comportaban como un solo ente. Eso a Josefina le gustaba. Era la única brigada que tenía de esa especie y ella, su autora intelectual.

Cuando Danger quedó sola, Sofía entró a su despacho con unos informes que debía supervisar. Era una excusa. Danger lo intuía, le delataban sus gestos. Sofía la quería. Lo sabía. No era feliz con su marido. Lo suponía. Pero aquello no pudo ser. Hablaron poco y rápido, pero fue una conversación amistosa. No debían levantar más sospechas y suspicacias. Se podría decir que fue un encuentro feliz. Cuando Sofía salió de allí, Danger se sintió, de alguna manera, aliviada, tranquila. La rabia había quedado atrás, quién sabe dónde. Se sorprendió. No estaba encabronada, no estaba triste, sino más bien disfrutaba de una especie de armonía, de paz. Sofía le había traído la mitad de un bocadito de jamón de pierna que había comprado. Danger no tenía apetito pero estaba feliz; lo menos que podía hacer era disfrutarlo. Aquella cosa cara y extraña era una muestra tierna de cariño, sin dudas. Una joya. Danger lo comió. Estaba bueno, pero no pudo terminarlo. Un dolor agudo la arrastró al baño y allí no pudo evitarlo: arrojó todo. Vomitó hasta lo que ni siquiera había tragado. Algo iba mal dentro de lo que fuera que empezaba a ir bien.

Cuando llegó el primer fin de semana de Valentina en la Habana, el barrio desplegó todo el folclor sin miseria; como abre las alas un pájaro para conquistar a una hembra y aparearse. No lo hizo por ella. Lo hizo por costumbre. Desde casi todas las casas salía música. La cacofonía continua de diario se convirtió en un grito estrafalario incapaz de conmover a nadie. Valentina se puso los auriculares. Albéniz. El genio que no aprendió a tocar el piano sino que, así de simple, recordó cómo se tocaba. Pero era imposible. «¿Cómo la deriva terminó en naufragio?», se preguntó Valentina. «¿Cómo es posible que aquella música primitiva y arrabalera hipnotizara y anestesiara a las masas de aquella manera? El LSD del siglo XXI a golpe de oído y estómago».

A las 1:30 de la madrugada nada parecía detener la fiesta; al contrario. Lenin se había quedado dormido en el sillón, como los viejos. Valentina lo llevó a la cama e intentó dormirse, sumida en la desesperación. Pero era imposible. Sus ojos como platos miraban al techo. Intentaban darle forma a lo que vendrá como si fuera un prisma y lo girara hasta agotar todas las posibilidades imaginables. Empezó a dolerle la cabeza. No imaginó peor tortura que ese bombardeo sónico que trepaba por las paredes del edificio y rescabuchaba en sus entrañas sin permiso.

Alrededor de las 2:00 AM llegó el apagón. Ausencia repentina de luz y sonido. Como si, de golpe, metiera la cabeza en el fondo del océano. Se hizo la paz más absoluta. Al principio oyó gritos de protesta, risas, comentarios espurios y después llegó la calma. «Menos mal que se va la luz». Por fin podría dormir.

Sueña con muchas cosas. Siempre lo hace. Sale de excursión por la montaña. Es de noche. A su marido le han borrado la cara y no puede andar bien. Se orienta solo al tacto. Las rocas y las plantas le repelen. Se agarra de ella, sin su consentimiento, sin su beneplácito, sin su bendición. Y ella le suelta. Tiene mil maneras de soltarle. Lo empuja, lo sacude, lo revienta contra las piedras, lo estruja como a una pelota de papel y lo tira bien lejos. Todo el ritual termina en un golpe seco y sordo. Un rugido que a veces raja su piel y otras veces la del monte. Luego se despierta. A veces sudada, a veces helada. A veces pálida, a veces seca. Siempre alarmada, inquieta, torturada, afligida. Siempre triste. Siente que su vida es un fado que nunca termina por mucho que le toque, que le agote, que le acaricie.

Mãos abertas, mãos de dar
As minhas mãos são assim;
Viste-as abertas chegar
E abertas hão-de ficar
Quando tu morreres em mim.

Ao partir não levarei
Nada mais do que ao chegar.
Minhas mãos, quando as mostrei,
Vinham abertas e sei
Que abertas hão-de ficar.

Nunca as juntei p'ra rezar,
Nem nunca as ergui aos céus;
Minhas mãos são mãos de dar,
Não sabem crer nem esperar,
Nem sequer dizer adeus.

Ao partir não sentirei
Nada teu partindo em mim;
De mãos abertas irei,
Passado nunca terei,
As minhas mãos são assim.

Mis manos son así; las viste abiertas llegar y abiertas se quedarán cuando mueras en mí. Así son sus manos asesinas, solo saben dar. Valentina duerme sin dormir y sin despertarse, siempre agitada, siempre entre lo que es y lo que puede ser, entre el limbo y la vigilia.

Ese día, esa noche de ese primer sábado agotador, un sonido se coló en su sueño como un intruso que entra en un cine sin pagar y no tiene butaca. Un tintineo metálico, como un roce que chispea con demasiado brillo, se arrastraba muy cerca de su cuerpo sin llegar a rozarle. Era como si se frotaran unas cadenas diminutas de cristal contra otras a la altura de sus ojos. Al principio pareció un pájaro, un arroyo, un manantial, el llanto de un unicornio pero, poco a poco, avisó que era real. Aquel sonido estaba fuera del sueño. Valentina sintió miedo. No se veía nada en absoluto. No quería abrir los ojos. No quería hacer movimiento alguno que les pusiera en peligro. Pero algo debía hacer. Quería gritar pero no podía o no creía que debía. Aguantó hasta que ya no pudo más. Su cuerpo se estremeció de pánico, sin control, y una sombra salió danzando en la más absoluta obscuridad. Creyó verla salir por la ventana pero ni siquiera había luna. Solo fue una sensación.

Así que se levantó y cerró de golpe aquella ventana por donde corría un poco de aire para aliviar la calurosa noche y se fue de nuevo a la cama. Ya no pudo pegar ojo.

A las 6:00 AM cayó en una suerte de duermevela hasta que sintió de nuevo una presencia cerca. Abrió los ojos. Lenin permanecía de pie a su lado. La miraba sin más. «¿Qué haces ahí parado tan temprano Lenincito?», le preguntó. Él no respondió. Se giró para encender el televisor y sentarse en su sillón. Una chica que sonreía todo el tiempo entrevistaba a un "músico" que regresaba de gira. Todos eran felices.

Hizo café. Por fortuna, con dólares podía comprarlo. No era tan bueno como al que estaba acostumbrada en Lisboa pero igual ya se estaba acostumbrando. El hombre es un animal de costumbres. Recordó el centelleo metálico que le despertó y pensó que quizá hubiera sido parte de un sueño confuso.

La habitación de su madre, donde dejó su equipaje, seguía igual de vacía, pero algo había cambiado. Algo faltaba o sobraba en aquella estancia. Abrió su maleta girando hasta dar con los códigos secretos de su candado. Ahí tenía todo el dinero que había cambiado, algunos euros para la vuelta, pasaporte, y la poca ropa que trajo. No podía permitirse un hurto. No era una cuestión de confianza, sino de precaución. Todo estaba más o menos en ese estado intermedio entre el orden y el desorden que acostumbraba. Echó un vistazo al resto. Aún quedaba una especie de cómoda pequeña empotrada en el agujero del *closet*. Había fotos, documentos, mandos inservibles de supuestos televisores y los pocos objetos que su madre aún no había vendido o había decidido no tocar. Los había visto uno a uno cuando limpió a fondo. Su inventario visual no fallaba. Habían robado. Preguntó a Lenin si había tocado algo allí. Él se limitó a defenderse alterado desde su trono: No fui. Pinga. Luego dijo algo largo y monótono inteligible. Habían robado.

Allí faltaban, por lo menos, unos collares de fantasía, un reloj de pulsera sin pilas, y un dije de plata grande con punta de flecha que alguna vez fue suyo y del que su madre se encaprichó, tanto, que se lo dejó. Le prometió que no lo vendería y... sorpresa, ahí estaba en el momento de la limpieza general. Había caído en la cuenta, porque el resto de las promesas habían desaparecido. Lo único que se salvó de la quema había sido robado. No era una sensación. Sintió miedo y alarma.

—Magda —dijo antes de que su interlocutora supiera siquiera quien llamaba—, ¿cuándo dijeron los de las rejas que las pondrían?

—Esta semana que viene. ¿Por qué?

—Diles, por favor, que vengan el mismo lunes. Hoy por la madrugada alguien se metió en la casa —Magda puso el grito en el cielo.

—¿Estás segura Tinita?

—Si. Luego te cuento. Llama a esa gente, anda, y otra cosa: ¿tú tienes el teléfono de la oficial criminalista?

—Si, ella me lo dejó la primera vez que vino. Tengo su tarjetica.

—Dámelo, por favor, voy a contárselo.

Magda buscó la tarjeta y Valentina anotó el número en su pequeña agenda. Después le dio las gracias y colgó para marcar de nuevo.

—Buenos días —dijo en cuanto descolgaron—, ¿podría hablar con Danger, por favor?

—Si, un momentico. ¡Daaaaanger! —gritó—. ¿De parte de quién?

—De Valentina.

—¡Daaaaaanger, tienes una llamada por el 26! —hizo una pausa mientras Valentina se imaginaba a Danger llegando desde otra parte—. Es Valentina.

–Si.

–Hola Danger, soy Valentina. Disculpa que te llame a esta hora pero no sabía muy bien qué hacer y me acordé de ti. A ver si puedes ayudarme.

–¿Qué ha pasado?

–Ayer se ha metido alguien en la casa a robar.

–¡No me digas!

–Si. Pensé que te gustaría saberlo. No merece la pena dar parte a la policía porque no se llevaron nada de valor, pero fue algo extraño. Quizá tenga relación con lo que están investigando.

Danger le dio vueltas a aquel comentario en su cabeza.

–¿Qué se robaron?

–Un dije de plata con punta de flecha. Era mío y era lo único de valor que mi madre conservaba en esta casa.

–Gracias por informarme. Les aconsejo cerrar todo con cuidado. En cuanto pueda me paso por allí.

–Gracias a ti –se despidió Valentina y colgó.

Después llamó Magda de nuevo.

–Chica ¿por qué no llamamos a la policía?

–¿Qué va a hacer la policía?

–Es verdad. Ay chica, ¡qué asco de vida! Oye, llamé a los de las rejas. Dicen que ya las tienen pero que no tienen petróleo para el transporte, que tienen que esperar hasta el jueves.

–Dile que las traigan el lunes y las pongan. Yo les pago el petróleo.

–Esta bien. Chica no será...

–No creo, no se parecía.

–Ay chica, qué descreía tú eres. No te pareces en nada a tu mamá. Ay, mi amiga, cómo la echo de menos, que en paz descanse.

Al final todo se resolvió. Solo tenía que pagar 50 dólares más y aguantar una noche con precaución extrema; por si las moscas. A media mañana llegó la luz y todo el barullo volvió a su ritmo y el reggaetón animó la vida de todos los hogares.

El lunes pusieron las rejas y, al caer la tarde, Danger apareció en la moto como había prometido. Valentina le contó con detalles lo sucedido o, al menos, lo que ella creía que había sucedido. Era imposible tomar huellas, los obreros habían puesto todo perdido y Valentina limpió después a fondo. Estaban, motu proprio, prisioneros a salvo de cualquier depredador. Pero Danger sabía que no debía inmiscuirse en eso. Le aconsejó denunciar el robo a la policía para que, al menos, quedase constancia y le explicó qué debía hacer. Más bien fue una visita amistosa que nada tenía que ver con cosas de trabajo. Como siempre bebió café y se interesó por Lenincito que seguía mirándole sin pestañear, pero nada belicoso. Luego se marchó y quedó a su disposición por si volvía a necesitarle. Al irse, Valentina se preguntó por qué tanta hostilidad de gente como Magda hacia gente como Danger; con lo amable y respetuosa que era. «Ellos sabrán», pensó; aunque reaccionó en el acto y cambió de idea: «Ellos no sabrán», expresaba mejor lo que tenía en su cabeza.

Danger regresó a la unidad y tropezó de nuevo con Sofía, esta vez sin pretenderlo. Ella le dirigió un saludo amable. Danger lo devolvió y sintió ternura. Al parecer todos sus tormentos se alejaban con el huracán de baja intensidad que se acercaba a la isla por el noreste. Le deseaba, era algo que no podía enterrar así por así; pero ya no estaba desesperada sino, más bien, todo lo contrario. Quería darle, no exigirle, como había equivocado hasta entonces, y, al parecer, el cambio activaba algo positivo en Sofía. Algo que le agradaba.

Tom estaba con English en el Instituto de Medicina Legal, allá por la Calzada del Cerro, recogiendo unos informes tanatológicos de un caso aún sin resolver. Todo era tranquilidad y orden hasta que Josefina, la Súper-Jefa, le llamó a su despacho.

–Danger –empezó despacio después de invitarle a sentarse frente a ella en una silla metálica despintada–, tú sabes que yo casi estoy a punto de jubilarme, ¿no? –Danger asintió con la cabeza sin abrir la boca. Todo el mundo lo sabía aunque nadie podía imaginar qué pasaría allí sin Josefina–. Yo propuse al Partido que tú me sustituyeras sabes... –continuó después de una incómoda pausa– pero, al parecer, en el Ministerio –y Danger dudó de si se refería al Ministerio de Salud Pública o al Ministerio del Interior– tienen otro candidato. Solo quería que lo supieras. Tú sabes como es esto –dijo como si en realidad lo supiera o le importara.

–Gracias Josefina, te lo agradezco, pero en realidad yo prefiero seguir con mi equipo en la calle.

–Hay que estar donde se es más útil a la Revolución –Danger no opinó; en definitiva: «el que calla otorga». Quizá Josefina tuviera razón, pero ella ya estaba cansada de todo lo contrario: «tiene que estar el que es más inútil a la Revolución», cuanto más inútil, mejor. Pero era algo que no se podía permitir expresar, ni en el peor arranque de sinceridad.

Al salir del despacho de Josefina, Danger se preguntó a santo de qué venía esa conversación. «Quiero que seas tú, pero va a ser otro». ¿Será una forma de decir *me caes bien* pero no puede ser? ¿Por qué? ¿Por machorra? ¿Por impulsiva? ¿Por loca? Un triunfo a medias es peor que una derrota. Deja cierto sabor de agravio. Sintió nauseas y fue corriendo a vomitar al baño, pero no tenía nada en el estómago; ni siquiera el café de Valentina.

La semana entera transcurrió sin sobresaltos. Valentina siguió durmiendo con la ventana abierta bajo la impunidad de la reja. A veces sus ojos se abrían en plena oscuridad a la espera de encontrarse con una cara desconocida pero no. Eso no ocurrió. Si fue observada, no se enteró.

A esas alturas ya tenía casi todos los papeles que necesitaba. Ahora solo le faltaba solicitar la tutoría legal de su hermano. Incluso ya había resuelto, con la ayuda "desinteresada" de Magda y la "interesada" de muchos burócratas, actualizar la pensión de Lenin con la miseria que aportaba su madre al morirse, a la que ya disfrutaba de su padre. Todo fluía.

Magda le ayudaba, es cierto, pero sin una estricta definición de por qué, sentía que lo hacía por "algo" y no por "nada". Es cierto que nunca le pidió nada pero, de tanto recordárselo, no podía, por mal que le sentara, ahuyentar esos malos pensamientos. La forma en que rechazaba cualquier atención o regalo parecía demasiado exagerada. Percibía una especie de complejo, de no querer sentirse juzgada por el vecindario de aprovechada o interesada (lo mismo de lo que culpaba a todo hijo de vecino que se acercase a saludar a Valentina). Llegó a pensar incluso en la peregrina idea que deseaba sentirse la "amiga" de la familia, en exclusiva, la elegida, el ser más importante e imprescindible sin el cual nada tenía remedio.

Valentina le ofreció que gestionase ella el cuidado de Lenin; que actuase como una especie de encargada. Su respuesta siempre fue tajante. No. Ella hacía lo que hacía porque quería y cuando quería, porque le nacía, pero... sin compromiso. No quería asumir ningún tipo de responsabilidad. No quería tener que ver en nada, pero metiéndose en todo. En definitiva, dejaba claro que adoraba a Lenin, pero él en su casa y ella en la suya. Extrañaba a su amiga, pero con dar de comer a su hijo retrasado y desamparado, cuando le parecía oportuno, ya tenía bastante. Era algo muy difícil de explicar y entender, que Valentina asumía casi como una verdad irrefutable. Era algo muy extraño. Amor sin compromiso. Amor a distancia. Amor de lejos.

En todo ese tiempo la casa siguió transformándose como el resto del entorno: sin la más mínima prisa. Valentina puso un enorme tanque de agua para que no le faltase el apreciado líquido. Jamás. Ya se podía ir la luz un par de días seguidos si quisiera. También compró una cocina nueva, arregló el refrigerador y, contrató a Guao, también de una forma absurda y extravagante, para que arreglase todas las tuberías y tapase todos los salideros habidos y por haber. Guao quería cobrar en dólares pero dejaba bien claro, meridiano hasta la exageración, que no se aprovechaba de la situación. Valentina ya no estaba para más susceptibilidades. Esto es muy fácil Guao, dejó claro. Tú me dices cuánto quieres cobrar y yo determino si te lo quiero pagar. Es tan simple como eso. Guao se dejó de tonterías y le pidió una cifra diez veces menor de la que esperaba Valentina. En este lugar extraño, que ni es socialista ni capitalista (que suma quizá lo peor de los dos sistemas), que no es ni fu ni fa, los negocios son así de lunáticos, *work in progress*. Mireya subió en persona para agradecer los arreglos, ya no se filtraba agua por su techo, y el tema de los perros quedó olvidado. La casa parecía otra y los vecinos, poco a poco, se asomaban para saludar y elogiar el notable cambio.

Lenin estaba más tranquilo aunque seguía con sus arrebatos y letanías: ¿Cuándo viene? Al fin llegó la cita con la psicóloga. Lenin no tenía hoja clínica. Parecía imposible pero sí. Allí todo era posible. En las mismísimas entrañas de esa Revolución preocupada por los más desfavorecidos, el peor favorecido del vecindario, el más necesitado, no tenía hoja clínica. Jamás había pisado aquel sitio. Ya sabía que tenía buena salud. Todos los exámenes clínicos ordinarios dieron negativos luego de haber vivido en la más absoluta anormalidad y cochambre. Sin embargo, gracias a que había tenido una vida anterior a Micro X, Alamar, apareció un expediente donde había un diagnóstico inaudito. Lenin era esquizofrénico. Valentina se enteraba, casi cuarenta años después: su hermano padecía esquizofrenia, nada más y nada menos que un grupo de trastornos mentales crónicos y graves, y que ¡nunca había sido medicado! Una ira ciega la abrazó por dentro a punto de cremarla. ¡Su madre no se había preocupado nunca, jamás, por algo tan grave! Ni siquiera le había hecho partícipe. Su madre no se había vuelto loca poco a poco. Su madre nació loca. No era irresponsable. ¡Qué va! Era mucho peor que eso. Era una temeraria ida, tarumba, estúpida, psicótica, insensata, irracional, trastornada. Necesitaba agua helada para no achicharrarse, pero no había hielo; ni siquiera había agua en aquel policlínico destrozado lleno de zombies aterrillados esperando de pie a ser atendidos sin recibir la más mínima atención. Salió de allí llorando sangre. Lenin quiso comer. Se comió tres pizzas mientras Valentina intentaba apaciguarse con cervezas. Si era demasiado ya las cagaría.

Al llegar a la casa todo el edificio estaba revolucionado. Empezaba a ser una costumbre. La gente llevaba inquieta varios días. Apestaba mucho más de la cuenta, mucho más de lo aceptable, de lo conocido. Apestaba a rata inmunda muerta.

Nadie se explicaba el por qué de tanta pestilencia, aunque sí sabían de dónde provenía: el 4A del bloque central. Nadie supo nada hasta ese día que, ya desesperados, unos vecinos se atrevieron a tirar la puerta, después de golpearla y gritar sin éxito, y encontraron al cadáver putrefacto de Santana en el suelo sobre un charco de sangre plastificada.

El personaje, Santana, era otro de los seres más despreciables del vecindario: un marigüanero que traficaba y vendía drogas, incluso a niños. Según los más reputados estadistas callejeros, desde que ese hombre llegó al edificio, la violencia verbal y no verbal había subido como la levadura en el horno (sin horno, ni levadura), aunque no disponían de datos oficiales. Según Magda, fue él en persona, el culpable de la muerte por sobredosis de cocaína de un niño de un bloque cercano que apenas sobrepasaba los 13 años. La acusación popular se extendía al exhibicionismo, era un ególatra mamporrero enfermizo (aunque esa definición excedía el vocabulario popular), y a la distribución clandestina de películas porno en una especie de paquete especial XXX, no apto para gente sensible. Además, era un reconocido listero de un banco de bolita al que jugaba la mayoría del vecindario, fueran militantes del partido, militares, policías, internacionalistas, revolucionarios o no. Tenía un currículum impresionante.

Danger llegó con su gente como de costumbre. La policía acordonó la zona para que ellos pudieran realizar su trabajo. Tuvieron que usar mascarillas y aun así el aire era irrespirable. Nada más acercarse, Danger pudo ver la causa de aquella muerte: algo le picó la vena yugular.

English hizo las fotos de rigor mientras Tom tomó nota en su libretica:

Cuerpo de un hombre de mediana edad en avanzado estado de descomposición. Al parecer un dije grande de plata con forma de flecha colgado de una gruesa cadena, también de plata, le cercenó la yugular.

Danger no pasó por alto el detalle, era la joya que había denunciado Valentina. En efecto le habían robado y todo parecía indicar que se trataba de éste sujeto, que vivía justo dos plantas por encima de ella. Estudiaron bien todos los pormenores. Las ventanas estaban cerradas. El hombre yacía desnudo en medio del salón; apenas le cubría un tanga femenino de microfibra y unos zapatos de tacón, también de mujer, altos como escaleras; ambos de color morado salpicados con brillantina. Había rastros de su piel en una pequeña mesita de cristal y tenía parte del costado izquierdo desgarrado. Sobre la mesa se extendían cuatro rayas muy gruesas de cocaína.

Al parecer disfrutaba de su fiesta particular, tropezó, trastabilló y se fue de cabeza con tan mala suerte que, al caer al suelo, la punta de la flecha del dije se le clavó en el cuello y le cortó la yugular y la carótida. Es probable, quedaba por ver si se podía comprobar en el laboratorio (llevaba más de 48 horas muerto), que la ingesta de cocaína aceleró su pulso cardíaco e hizo que se desangrara con mayor rapidez. Si todo se verificaba como se mostraba, aquel era, sin duda, uno de los casos más estúpidos de morir.

Todo parecía simple y complicado a la vez pero eso era un tema de discusión para después, cuando recopilaran todas las muestras. Danger y English terminaron mucho antes que Tom, que estuvo a punto de agotar su libreta con tantas declaraciones. Una vez dada la orden de traslado, Danger bajó, junto con English, las escaleras con prisa. Por fortuna la puerta de Valentina estaba cerrada. Aún no era el momento de hablar de su dije. Media hora más tarde la policía trasladó el cadáver a Medicina Legal para una necropsia médico-legal rigurosa. Una hora más tarde la casa quedó desinfectada y precintada. Todo volvió al ruido inhumano de siempre.

La medicación que le recetaron a Lenincito estaba perdida. No había ni en los centros espirituales. Era difícil de entender. En la potencia médica del caribe, primer territorio libre de América, los médicos recetan medicamentos que no existen ni en los vademécums. Regresaron al policlínico buscando una alternativa, pero la psiquiatra insistió en no se qué de un cartón y que sí, si estaba pendiente, lo conseguiría. Esa era la medicación. No había otra. Debía lucharla, como todo el mundo. Faltaría más. ¿Qué se cree? Otra cuestión bien distinta era la dosificación del faltante. Debía empezar por una dosis medio-alta pero habría que ir ajustándosela poco a poco. Una vez que empiece ya no puede dejar de tomarla, le advirtió.

Magda tenía otra visión del misma problema. Conocía a no se quien, que conocía a no se quien más, que le ayudaría a conseguirla y así fue. Al día siguiente se apareció con dos frascos de una medicina y dos paquetes de otra. Como siempre pagó la voluntad y el esfuerzo con coca colas, calderilla y pacotillas y recuperó la buena relación con Valentina, como si nada hubiera pasado. Lenin sirvió de puente.

Valentina se dio cuenta que llevaba ya casi tres semanas en La Habana y no había podido hablar con algún amigo o conocido o cosa parecida. El inventario aproximado de llamadas recibidas era apabullante: un 10% de pésame, un 5% de insultos y reproches y otro 85% de Magda. Si que se acordó.

Tenía muchos amigos y amigas, ex-novios, ex-enamorados, conocidos y conocidas. ¿Dónde estarían ahora? Sin embargo, nada de contacto. Había visto gente por Europa, emigrados, pero allí, en La Habana, era muy difícil y distinto todo. A Micro X no llegaba el directorio telefónico de ETECSA por muy pocas páginas que tuviera. En teoría, lo habían sustituido por un moderno sistema de atención al cliente pero, al llamar al 113, jamás daban con el número de nadie. Siempre quedaba la duda de que la persona con la que deseaba hablar no tuviera teléfono o que el servicio no sirviera. Ambas posibilidades eran más que probables. Pero también podía haber emigrado y perdido todo, podía haber fallecido, podía estar preso; quién sabe. Su viaje sobrepasaba con creces el ecuador y aún quedaba mucho por hacer. No estaba apta para relaciones públicas.

Su madre había vendido su casa. Era algo que sospechaba, pero que pudo comprobar en esos días de aquí para allá. Tenía un apartamento muy pequeño en Centro Habana, que una vez fue usufructo gratuito y gracias a las obras y gestiones que hizo pasó a ser de su propiedad. Para por si acaso, para que nunca quedara abandonado, Valentina puso a Lenin de copropietario. Al salir del país entregó las llaves a su madre; así podía darle una vuelta de vez en cuando y mantenerla habitable. Se equivocó. La codicia perturbada de su progenitora le llevó a permutar la casa de Alamar por la suya. Se las arregló para que, ante el Ministerio del Interior, pareciera una "quedada"; un extraño estatus no oficial lo más parecido a un exilio involuntario, a una expulsión deshonrosa. No fue así. Ella se casó con un extranjero, y de hecho gozaba del permiso de residencia en el exterior, el PRE, pero nadie investigó, ni se dio por enterado. Su madre consiguió "quedarla". Pudo eliminarla de la propiedad y luego permutar su casa, por la de su hijo Lenin, del cual ella era tutora legal.

El estado, en su delirio proteccionista, obligaba a la fiscalía a desautorizar cualquier movimiento que pudiera perjudicar a un discapacitado psíquico, pero la casa de Micro X era más grande y lo aprobaron sin demasiados miramientos. Lenin recibió la propiedad del apartamento en Alamar y Gigi la del suyo en Centro Habana. Después lo cedió. Algo que no se tragaba nadie pero que, a esas alturas, era ya legal. ¿Regalar una casa? ¡¿En Cuba?! ¿Con los problemas de vivienda que hay, quién iba a darse el lujo de regalar una casa? ¿La generosa de Gigi? Quién sabe por cuánto la mal vendió. Jamás dijo nada. Cada vez que Valentina preguntaba se limitaba a murmurar que todo estaba bien, que no se preocupara, que la quería mucho. Eso era todo. Si insistía, Gigi pasaba de inmediato a la defensiva. Interpretaba un papel de víctima que, lejos de provocar pena, estimulaba ganas de estrangularla. Nada que hacer. Valentina sospechaba de todas y cada una de esas palabras dichas, organizadas en esas frases enajenadas, pero no tenía manera de hacer nada. Estaba atada de manos y pies. Solo podía envenenarse en vano, mal a gusto. Al final desistió. La irritación dio paso, como algo casi natural, a la decepción. Tiró la toalla. Gigi siguió enloquecida hasta que no le quedó nada más por vender, perder o romper. Siguió mintiendo y manipulando. Para eso estaba demasiado cuerda. Los papeles que encontró Valentina entre sus cosas demostraban de manera clara y meridiana cómo esbozó y calculó cada paso, con todo lujo de detalles.

Sin embargo, Valentina se enteró del golpe bajo sin querer. Uno de los papeles que debía presentar para solicitar la custodia legal, imprescindible para cuidar de su hermano en toda regla, era un informe del Presidente del Comité, del CDR, que atestiguara que ella, su hermana, cuidaba de Lenin y no solo eso, sino que lo hacía de forma ejemplar.

Valentina acudió a casa de la "compañera" en cuestión, a la sazón una funcionaria de emigración en activo del Ministerio del Interior, para solicitar el papel. Los CDR no tienen oficinas. Cualquier casa es susceptible de funcionar como oficina. La mujer la trató con distancia, incluso con cierto desprecio. Magda le había advertido: la compañera Rita, presidenta del CDR, propietaria del afectado del 4B, en el primer bloque, es insoportable, engreída y chivatona. Se cree mejor que nadie, resumió.

Teniendo en cuenta la imparcialidad y objetividad de Magda, Valentina se presentó en su casa con educación y respeto y, a pesar de la frialdad del recibimiento, le resumió lo mejor que pudo los acontecimientos, la situación actual y su deseo por proporcionarle a Lenin una vida digna mientras ella pudiera. Rita fue cambiando, primero de posición, luego de cara y por último de actitud. Terminó casi a punto de compadecerla. Al final confesó su sorpresa, aunque a Valentina nunca le quedó claro su grado de implicación en esa declaración ilegal de "quedada", ante la verdadera Valentina. La imaginaria, creada por Gigi, era una mala hija, gusana y contrarrevolucionaria, que no se ocupaba de ella, ni de su hermano. La que tenía delante, era justo su víctima. Rita estuvo a punto de derrumbarse ante la nobleza de aquella mujer y Valentina, que ya no tenía nada en pie de lo que aguantarse, confirmó las más estrafalarias sospechas de tan pérfidas, perversas, inmorales y hasta depravadas jugadas de su progenitora. Rita redactó la carta y no solo eso, consiguió que firmaran todos y cada uno de los vecinos; los que aún quedaban vivos, por supuesto.

El caso del supuesto asesino en serie más estrafalario de la historia se enredaba sin remedio. Caso-Pinga, Caso-Perro, Caso-Cabilla y ahora Caso-... English no se atrevía a bautizarlo, ni siquiera ante Tom. Cualquier candidato le buscaría un buen problema con la Jefa: Caso-Raya, Caso-Tanga, Caso-Mariposón. Al final lo dejó en Caso-4A, algo neutro que ni añadía, ni quitaba información. Caso para el que las pruebas de cabello confirmaron positivo en cocaína. En la nueva jerga de English, desbordante de corrección política, se trataba de: Caso-2C2, Bobe; Caso-2B2, Axila; Caso-2A1, Marino; y ahora el Caso-4A2, Santana. El último número del código corresponde al bloque. Todos en el mismo edificio. Todos sin huellas, apenas sin testigos, sin relación, sin ser un caso en toda regla.

El *brainstorming* cada vez parecía más una sesión de ouija sin tablero, que una reunión de trabajo. No había contacto. Las letras se movían cuando se las señalaban con el dedo. No había nada. Si en lugar de hechos reales, ocurridos en territorio cubano, se tratara de una película americana, los investigadores no habrían dudado un segundo en contratar a una espiritista, médium, bruja o lo que fuera. En definitiva, zapatero a tus zapatos; pero en Cuba, donde, es curioso, la mayoría de la gente es creyente y supersticiosa, nada de nada. No existe la parapsicología.

Los fenómenos no son paranormales sino anormales o normales. Las pseudo-ciencias son practicadas en secreto por especialistas de la estafa espiritual. Aún cuando una inspectora vaya a tirarse las cartas, no puede ir a resolver un caso ante un quiromántico, santero, palero o vudú.

El último episodio, el 4A2, no era ni siquiera asesinato o suicidio. Pero aquello tenía algo de paranormal, algo que nadie se atrevía a plantear con claridad, porque no aparecía en ningún libro, en ningún código, en ningún manual, en ningún buró o circular. Nada. Lo que en principio parecían simples coincidencias, mostraban una regularidad esotérica, indemostrable. Probaron incluso a considerar las relaciones de las fechas, las iniciales de los nombres y nada. Nadie se atrevió a confesarlo en público, ni en privado. No merecía la pena. En eso estaban cuando Josefina cayó al suelo en redondo.

La enorme mole de grasa y carne forrada de verde olivo se desplomó ante la sorpresa de todos. Al principio pensaron que había sido un infarto. Todo el personal corrió para salvarla pero, en verdad, ninguno de los médicos forenses que trabajaban allí sabía cómo salvar a nadie que respirara. La llevaron en un coche de policía al hospital más cercano donde le esperaba un equipo médico. Cuando llegó, se levantó de la camilla y salió andando por sus propios pies. Fue mucho más el esfuerzo de subirla al patrullero y trasladarla que el que hizo ella para bajarse. No obstante la revisaron y la dejaron ingresada en observación. Había sufrido una lipotimia. Quizá fuera el largo y prolongado estrés, quizá fueran sus años, quizá fuera la poca ventilación (el aire acondicionado se rompió aquel día y en las oficinas era imposible estar con aquellos trajes oscuros hechos para el invierno), quizá era cosa del ayuno (quería bajar de peso), quizá la fobia a su cercana jubilación (y a la incertidumbre que produce en los que se creen imprescindibles), quizá fue todo eso junto.

Y, aunque fue un simple desmayo, después de la observación la prejubilaron sin contemplaciones, ni palmaditas en la espalda. Danger la sustituyó mientras tanto pero, nada más dada de alta, llegó el nuevo director a la unidad. Justo como le había advertido Josefina, el candidato del Ministerio no era ella sino el marido de Sofía: Camacho.

El dije con forma de flecha quedó como prueba, dentro de un sobre de plástico, en uno de los enormes anaqueles donde se atesoran objetos y cosas relacionados con muertes. Danger tenía ganas de contarle a Valentina quién le había robado, tenía ganas de decirle: No te preocupes, no podrá volver a hacerlo. Tenía ganas de devolvérselo, pero no se atrevió. No ansiaba sustituir a la Súper-Jefa, pero quería conservar su puesto. A pesar de que al episodio 4A2 (era imposible llamarle caso) estaba cerrado, allí debía permanecer, en condiciones que ni siquiera eran las más adecuadas, hasta que algún superior le diera de baja.

Danger recibió la noticia de su cese con sumo disgusto, irritación y cólera, pero ella estaba allí para obedecer órdenes y no para darlas; para estar donde la Revolución la necesitara. Sus días a cargo de la unidad fueron los más cortos que se recuerdan en la historia reciente de la criminalística cubana. Le costó un centímetro o más de pelo y algún episodio etílico a punto del coma.

Danger no pudo acatar la nueva situación, sin más. El mismo día que empezaba Camacho como director, la Jefa de la American Patrol se indisciplinó. No se presentó a trabajar. No quería ver su jeta, ni en fotos. Ni estrechar su mano. Ni cruzárselo por un pasillo. Ni recibir sus órdenes. Ya tenía bastante con haber oído su desagradable voz por teléfono diciendo: Oigo, oigo, como un idiota. Fue un impulso ciego, inexplicable, la locura. Danger no respondía de sí misma. Le pasaba de cuando en cuando. Era consciente.

Perdía la brújula, el norte, el sur, el sentido. Necesitaba un exorcismo, un desahogo, una preparación. Necesitaba hacer cualquier cosa que la transformara en lo que no quería ser.

En su arrebato hizo lo que tantas veces se reprimió. Se subió a la moto y arrancó rumbo a Guanabo, a casa de Dulce, su antigua amiga del pre. La Facultad de Medicina las juntó, pero la desdicha las separó en primer año. Su amiga fue expulsada por prácticas lesbianas inmorales en la morgue. Era el único lugar donde pensaron que nadie las cogería, pero se equivocaron. Danger y su pareja pudieron huir, pero su amiga no. Dulce y Eloisa sufrieron la humillación y el escarnio. Dulce terminó de salvavidas en la playa. No le quedó más remedio. Eloisa se cortó las venas. No pudo soportarlo. Llevaba años sin ver a Dulce. Vivía con la eterna sospecha de ser vigilada. Pero ese día no era como los otros. Ese día quería festejar su ruina. A lo grande.

Justo un día antes de empezar a trabajar, una semana antes del regreso de Valentina, Arturo anunció que abandonaba. Se echaba para atrás. Las justificaciones que alegó a Valentina, corto y breve, no eran demasiado convincentes: estaba recién jubilado y con problemas de salud acuciantes. Excusas titubeantes, teniendo en cuenta lo fácil que hubiera sido dejarlo claro desde el principio; aunque solo fuera en potencia. No quedaron en que se lo iba a pensar. Quedaron en que aceptaba el trabajo. Nada lo impedía.

Arturo dejaba a Valentina con el culo al aire, en cuerpo y alma, pero ese no era su problema. Valentina no daba crédito. Anunciarlo así, con tan poco margen de tiempo, le dejaba en una situación suicida. La idea de que el Estado metiera a Lenin en una suerte de asilo, o de residencia para desahuciados, condenados a una lenta y desesperante muerte, arrancándole de su entorno, drogándole hasta dejarle vegetal, voló otra vez sobre su cabeza, se posó y se cagó. Sufrió un ataque de ansiedad. En medio de la calurosa noche se levantó aterida de frío y no pudo volver a dormir, a pesar de cubrirse con todas las mantas y toda la ropa que traía para Lenin. Otra vez odió a su madre. Pero esta vez la odió más que en ninguna otra ocasión. La odió con todas sus fuerzas. Le aborreció, le abominó, le maldijo, le mataría todas las veces que hiciera falta. Le imploró, le suplicó, le lloró, que si la oía de algún modo, en algún lugar, se presentara allí de inmediato para matarla de nuevo. Pero quedó sola en el silencio. Ella y el dulce silencio de la madrugada.

Reinaldo Arenas lo escribió para Valentina en *El Asalto*. Aquí el misántropo era ella.

Naturalmente, siempre he odiado a mi madre. Es decir, desde que la conozco. Al principio mi odio hacia ese animal era por rachas. Después se quedó fijo. Un día me miré en un espejo y vi que me daba un aire a ella. Otra vez me volví a ver y vi que me iba viendo cada vez más parecido a ella. Volví a mirarme, y al poco tiempo, al remirarme, vi que aún me parecía más a la maldita. Entonces ya mi odio no fue fijo, sino creciente. Más adelante me seguí mirando. Hasta comprender, cada vez más claramente, que me iba pareciendo cada vez más a ella, que mis ojos, mi nariz, mis patas y mi jeta iban siendo cada vez más lo de ella. Que iba yo dejando de ser yo para ser ella. Y super naturalmente, y cada día lo sé más, que si no la mataba rápido sería ella, me volvería ella misma, y entonces, siendo ella, ¿cómo iba a matarla?

La debería matar como mató a su marido. Era, en definitiva, una asesina. La asesina del, por ahora, crimen perfecto. Había matado. Podría rematar. Si no la mataba, le mataría ella. Debía hacerlo pero, la muy cabrona, se escondía en las tinieblas haciendo de las suyas; no se reía, se desternillaba de la risa, aunque no tuviera dientes. ¿Y si ella no fuera ella y fuera su madre? Se mataría para poder matarla. Era otra loca por mucho que se refugiara en la cordura.

Magda se ofreció a buscar a nuevos candidatos, con preferencia candidatas. No puede ser cualquiera, advirtió como si estuviera en situación de elegir y añadió: y que no le quepa duda, la voy a controlar como a mi sombra. Aquí nadie se va a robar nada, ni se va a aprovechar de Lenin.

Valentina no estaba para réplicas. Después del pánico recuperó algo de lucidez primero, y un poco de memoria después, y se acordó, en una especie de iluminación en medio de un apagón, de la única persona cercana a su madre distinta de su madre: Lázara. Lázara López Pita.

Por acordarse, hasta se acordó de la casa despintada azul dónde vivía en la Habana Vieja. No se lo pensó dos veces. Dejó a Lenin con Magda, cogió sus cosas y se fue en su búsqueda y captura.

Se presentó allí sin avisar, como hacen en Cuba, como es de mala educación en Europa. Tuvo que esperar hasta que cayó la noche para verla, pero habría esperado hasta el día siguiente si hubiera hecho falta. La gente se movía para acá y para allá, siempre sin callar la boca, siempre haciendo ruido, siempre zigzagueante, ante lo que parecía que era ella, ante su insignificancia. Valentina era una espectadora inmersa en un videojuego en el que no podía jugar, ni sabía. Un videojuego que la tenía secuestrada, del que debía salir sin saber cómo. Así estuvo atrapada en la telaraña de los hilos del tiempo hasta que, por fin, apareció Lázara.

Quiso la casualidad que ese día le tocara cocinar para una delegación numerosa de visita al Ministerio y no pudo largarse hasta que acabó la actividad. Lázara era cocinera de un Ministro. Valentina nunca supo cuál, pese a que se lo repitió más de una vez cuando se conocieron. Le abrazó como una madre que encuentra a su hija perdida después de buscarla durante horas hasta en los sitios más improbables, después de darla por perdida. No solo se acordaba de ella, sino que sabía todo lo que pasaba con pelos y señales desde el primer día. Estaba destrozada. No había llamado por no llorar; por no enfrentarse a la verdad. Ahora era el momento. Lloraron juntas, abrazadas, ahí, en el umbral de su puerta. Valentina sintió como la muerte le abandonaba.

–¿Y Lenincito? –preguntó una vez dentro– ¿Cómo está ese muchacho?

–Imagínate... Asimilando... aún asimilando –Lázara volvió a llorar.

–¡Ay Gigi! –exclamó con la angustia de los que piden con la esperanza de recibir consuelo–. Ay, mi amiga... ¡nunca le hizo caso a nadie!

Lázara era la única que sabía todos los tejemanejes de Gigi. Era cómplice. Aunque su amiga era Gigi y Valentina era solo la hija de su amiga. Lázara fue testigo de todo el trapicheo de las casas. No participó. Ni la juzgó. Fue testigo involuntaria y ocasional de muchas otras trampas que Valentina nunca sabrá. Quedarán como si no hubieran ocurrido nunca. En ese limbo entre la verdad y la mentira, la sospecha y la prueba, entre lo que uno y otro cree.

Ahora le necesitaba. Se lo repitió varias veces. Sin tapujos, sin vergüenza, sin pudor, sin miseria. Tengo que irme en una semana. No me lo puedo llevar. Allí no puedo mantenerlo, ni atenderlo, como se merece. Aquí es donde mejor puede estar y donde puedo ocuparme de él. La psiquiatra también piensa lo mismo. Quizá las frases no fueran exactas, pero todas querían decir lo mismo. La necesitaba.

Lázara escuchó sin interrumpir, excepto con algún sollozo indisciplinado de cuando en cuando. Ella también le contó su parte. Todo el mundo tiene su parte, su carga que arrastrar, su cruz, su mierda. Llevaba un año divorciada. Le costó Dios y ayuda librarse de un marido maltratador que intentó quitarle hasta la vida. Él era un militar bruto en activo. Ella una simple cocinera bruta. La pelea fue dura pero, pese a todo, consiguió ganarla. Ahora quería arreglar aquella casita pequeña y destruida para reiniciar de nuevo su vida. Tenía que encontrar el maldito botón de reinicio para volver a confiar, a creer y a respirar. Ahora tenía trabajo. Tenía buen salario. Tenía un incipiente proyecto de futuro. Tenía algo por lo que aspirar. No obstante, le prometió que se lo pensaría. Se lo debía.

A Justo le dejaron en paz casi al momento de detenerlo. No era un buen candidato. Era demasiado buen revolucionario. Tan bueno, que inspiraba desconfianza. Parecerlo demasiado es como no serlo. Pero el pobre ¡estaba tan asustado! Todo parecía indicar que aquella cabilla salió de sus manos para asirse de cualquier cosa que le salvara el pellejo. No habían pruebas a favor, ni en contra. Volvió a su normalidad lo mejor que pudo.

Pocos días después, Justo y Yaritza salían de casa bien vestidos y perfumados cuando algo pasó y Yaritza rodó escaleras abajo. Podía haberse caído de frente, como todo el mundo cuando se cae, pero no. Ella se dio la vuelta desde que salió despedida en el quinto piso. Algo sonó mal, demasiado mal, para un cuerpo que rueda por unos peldaños de piedra apegotonada con cemento. Un crujido alertó a la mayoría de los vecinos del cuarto. No era de rama seca, sino más bien de árbol. Como un guayabo cuando lo parte un rayo. Al final de la escalera, en el entrepiso, no había nada de sangre; pero la pose de la cabeza respecto al cuerpo, no dejaba lugar a dudas. Yaritza estaba muerta. Justo bajó horrorizado para intentar socorrerla pero Yaritza parecía un monigote a merced del movimiento.

Enseguida se formó la gritería, el corre-corre, el sal pa-fuera, y entre todos la cargaron en el carro de Pachito el botero y a Justo se lo llevaron medio arrastrado para el policlínico, a punto de perder el conocimiento.

Yaritza llegó muerta al hospital. En realidad salió muerta del edificio, pero la gente en su locura, al no haber sangre, no supo distinguir el perecimiento del desvanecimiento. La inconsciencia colectiva alarmó a la policía, que avisó a los peritos para que acudieran al lugar de los hechos, antes de que se perdieran las posibles pruebas que quedaran en pie después de la algarabía.

Yaritza fue directo a necropsia. Le quitaron la ropa y el perfume y una perito jovencísima, quizá recién graduada, le abrió desde la tráquea hasta la ingle para que un médico alto y estirado revisara cada uno de los órganos que iba extrayendo. Tomó muestras de sangre, saliva, pelo, orina y heces para enviarlas al laboratorio y después de observarla y vaciarla completa dictaminó con suma brevedad para que la perito escribiera:

La caída se produjo hacia atrás produciendo un fuerte golpe en la nuca. Se observa fractura de la columna vertebral en la base del cráneo y rotura en las áreas de la médula espinal que permiten la respiración y control del ritmo cardíaco. Falleció en el acto.

Mientras tanto, una patrulla formada por tres hombres acudió al lugar del posible crimen y anduvo preguntando a cada vecino que había visto, oído o tocado. Por preguntar, hasta tocaron en la puerta de Valentina, que pudo enterarse por ellos de la causa de tanta agitación popular. Cuando se marcharon, Valentina llamó a Danger como una autómata. La costumbre es así. Era la American Patrol la esperada en el lugar de los hechos, pero nadie contestó del otro lado. Los pulsos del timbre en el silencio del auricular no auguraban nada rutinario. Algo no encajaba bien esa vez. Eran alrededor de las doce del mediodía.

Cuando Dulce vio a Danger en la puerta de su casa no podía creerlo. Llevaban muchos años sin verse. Tantos, que lo había olvidado. Lo entendía. En definitiva, Danger era policía o trabajaba para la policía. Estaría ocupada con sus muertos. No debería exponerse demasiado si quería conservar su trabajo. Ella, la vaga que apenas salía de Guanabo, podía perjudicarle. Su vida se podía contar en los viajes de su casa a la playa, de la playa a su casa (con alguna fiesta lechuga, desmadre incluido, entre col y col). No tenía ni perros, ni gatos, ni nada que se le pareciera. Era un ser libre y soberano que hacía casi todo lo que le daba la gana. Por lo menos lo que podía.

El día que las sorprendieron en la morgue de la Facultad, en plena felación, Danger pudo ocultarse y escapar con su pareja sin ser vista. Dulce no. A ellas las cogieron con la masa en la mano y en la boca. Pero ni Dulce, ni Eloisa, soltaron prenda. No las delataron. A pesar de la presión, sobre todo a Dulce, que era la matriculada en la escuela de manera oficial, no hubo delación. Estaban solas. Dulce fue expulsada. Eloisa se suicidó. El nombre de la novia de Danger se disolvió en el espacio-tiempo.

Danger admiró su gesto toda la vida. Dulce, que hasta entonces era una compañera más, aunque especial, se convirtió en su fiel amiga, en su mejor amiga. De esas mejores amigas dispuestas a ir al infierno por ti; más por ellas mismas, que por tus propios méritos.

Danger podía decir, sin equivocarse, que si era policía, era gracias a Dulce. Cada una siguió su vida, es una ley natural. Dulce se hizo salvavidas y Danger perito forense. Nunca perdieron el contacto del todo. Se veían de cuando en cuando y lo celebraban a lo grande en sendas orgías en la playa; siempre lejos de miradas vigilantes e indiscretas.

Danger venía a olvidarse de todo: de Sofía, de Dangerous, de la Patrol, de Josefina y Camacho, de los misteriosos casos de Micro X. Venía a fornicar y emborracharse como si no hubiera un mañana. Nada más verla llegar con sus gafas oscuras de aviador y camiseta blanca, a Dulce no le costó imaginarlo. Danger tuvo suerte. Su amiga llevaba varios días de baja por un esguince, pero venía tan decidida que hubiera ido a buscarla a la playa si fuera necesario.

En la arena se hacen contactos de todo tipo. Por mucho que la Revolución repudió y repudie a los homosexuales no pudo, ni puede, ni podrá, evitar la homosexualidad, ni la bisexualidad, ni cualquier cosa diferente a la heterosexualidad. Por mucho esfuerzo y recursos que dedique, haya dedicado y dedicara en el futuro, es parte de la naturaleza humana y no de las ficciones ideológicas o políticas. El máximo logro conseguido por la Revolución ha sido el camuflaje, la represión, la farsa, la agresividad. Como el avestruz, la no heterosexualidad hunde la cabeza en la arena y la saca cuando nadie la ve para respirar y alimentarse.

Dulce hizo unas llamadas exclusivas y luego trajo un paquete entero de cervezas y langostas. Danger quería delinquir, quería ser mala, quería ser peligrosa. Sabía mejor que nadie como serlo. Odiaba todo lo que representaba lo correcto, lo bueno, lo conveniente. Se odiaba a sí misma. A mediodía sonó el celular. La llamada no estaba identificada y ella no estaba para nadie. Le quitó el sonido y se entregó al vicio con una fuerza proporcional a su rabia.

Dulce vivía a pie de playa con solo dos casas cercanas. Juana, la propietaria de la casa de al lado, que da pared con pared desde el frente hasta el fondo, se sumó a la fiesta animada y sexy. Era la única bisexual discreta y silenciosa amiga de Dulce. Compartieron la niñez, los primeros novios, los primeras fajazones, los primeros fluidos, la pubertad y muchas confidencias; tantas, que formaban un cuerpo hambriento con dos cabezas o una cabeza llena con dos cuerpos. Eran más que una familia y dos vecinas. La otra casa, la del otro lado, estaba lejos, semi abandonada; envuelta en pleitos y cochinadas legales entre hermanos por su propiedad. De noche incluso podían bañarse desnudas en la playa como sirenas sin colas con luna llena.

Bebieron las cervezas, luego otras, después más y luego todo lo demás. No faltó detalle. El bacanal transcurrió sin interrupciones, molestias o intrusiones. A las cinco de la tarde, dos días después, Danger estaba saciada, extasiada y a punto de enfermar de tanta juerga, drogas y alcohol, sin apenas comida. Cada vez le entraba menos sólido y más líquido en el estómago y eso no era bueno para ella. Lo notaba. Estaba jodida.

Cuando se desnudó, dos días antes, Dulce descubrió con sorpresa los dos enormes dragones de color que custodiaban su vagina y la enorme serpiente que trepaba por su espalda desde su ano. Muchas cosas habían cambiado. Parecía que Danger viviera en las puertas del infierno, al borde del paraíso. Sobre una delgada hoja afilada presta a guillotinarla en cualquier momento por esa raja impuesta, inconveniente. Su amiga le arrancó un espasmo, pero estaba demasiado ajena dejando que las putas lesbianas le provocaran un orgasmo detrás del otro para interrumpirla.

Por casualidad, Dulce vio en la cocina al celular de Danger vibrando. Tenía mil llamadas perdidas. Lo tomó sin pensarlo, como una autómata, y ella lo agarró de mala gana. De las mil, por lo menos novecientas y tantas eran llamadas de Tom y de English. Justo en ese momento volvió a vibrar. Danger descolgó. Era Tom. La lengua de trapo alertó a Tom. Le suplicó que le dijera dónde estaba y que no se moviera de allí. Danger se rió. Tom no sabía qué hacer. Le pidió que le pusiera a quien estuviera con ella en una situación menos perjudicada; pero Danger seguía muerta de risa sin gracia. Su estado no tenía ninguna gracia. Dulce escuchó la desesperación de Tom. Le quitó el celular sin la más absoluta resistencia. Al contrario; eran días de dejarse llevar. Cuando Tom escuchó una voz inteligible del otro lado se presentó en nombre de su patrulla, le explicó que la necesitaban con urgencia, que la habían buscado por aire, mar y tierra. Estaban muertos de miedo y angustia. Dulce le explicó que Danger estaba a punto de perder el conocimiento. Tom le rogó que le diera la dirección para recogerla. Dulce dudó, pero lo hizo. Por su bien, lo hizo. Se acabó la fiesta.

Los dos días sin Danger en la oficina habían sido un calvario. Camacho no la conocía, pero sabía quien era al dedillo. Era el orgullo de Josefina; aunque nunca lo reconociera en público, ni en privado. No contó con ellos. Cuando envió a Micro X otra patrulla tenía la excusa perfecta. La propia Danger le obligaba a hacerlo. No podía permitir semejante desorden.

Había ordenado abrir un expediente para botarla con deshonra, por incumplimiento del deber e indisciplina. Josefina en persona tuvo que presentarse para aplacar los ánimos. Quiso echarla de allí. En definitiva ya no era más que una jubilada. Pero los galones tienen su peso. Hizo varias llamadas y controló la situación.

Tom y English hicieron lo que pudieron. Ellos también recibirían castigo; aunque no fuera tan drástico. Cuando por fin dieron con Danger, lo único que les importaba era recuperarla, extraerla de donde fuera que estuviera metida, y devolverla a la cordura.

Cuando todas se fueron, Dulce metió la cabeza de Danger en el tambuche de agua helada que enfriaba las cervezas. Apenas consiguió un buen derechazo perdido sin consecuencias, pero algo es algo. La secó y vistió como pudo. Al acabar Danger recordó que antes de la llamada estaba igual de borracha; pero era incapaz de recordar en qué momento empezó. Lo cierto es que pudo cubrir los dragones y la serpiente antes de que llegaran sus compañeros y se la llevaran. Tom y English apenas hablaron. Tom revisó sus ojos con una linterna pequeña y entre los dos la acostaron en el asiento trasero del coche. Danger estaba KO. Se despidieron con prisa de Dulce. English iba a suplicarle secreto de sumario. «Esto nunca ha pasado», había pensado decir; pero, al darle la mano, pensó que mejor se quedaba callado. No hacía falta decir nada. Dulce, a su vez, estaba preparada para sacarlos a patadas de allí si hacía falta pero, al ver la delicadeza con que la trataban, dio por hecho que de verdad querían salvarla. Porque en esos casos uno solo puede salvarse; aunque solo sea un poco.

Tom y English llevaron a Danger al cuerpo de guardia del Hospital Militar Naval en la Habana del Este. Llegó a punto de perder el pulso. La ingresaron de urgencia. Tenía una intoxicación etílica de caballo. Por fortuna, su sangre solo dio positivo de alcohol. El contenido de etanol en sangre sobrepasaba con creces los niveles tolerados por cualquier organismo normal. Estaba a punto del colapso. El médico de guardia, un chico joven de gafas de botella, le aplicó la santísima trinidad: tiamina, piridoxina y suero glucosado al 5%. Mientras lo hacía, explicó a English, a punto de tirarle los ojos encima como dos mocos verdes, que le administraba vitamina B1, B6 y suero, para rehidratar.

–El alcohol fuerza la diuresis –explicó–, inhibe la formación de glucosa por parte del hígado, la famosa gluconeogénesis, y se pierde líquido. Es necesario rehidratar y aportar glucosa pero, para que metabolice más rápido, administramos tiamina. Si no lo hacemos se puede producir un déficit brusco que puede ocasionar una patología bastante aparatosa conocida como encefalopatía de Wernicke. La piridoxina se administra por si acaso. Al parecer, acelera la eliminación de etanol en sangre y no tiene efectos secundarios. A pesar de tener más de 0.4 de nivel de alcohol en sangre, con esto será suficiente; aunque tendremos que tenerla en observación para seguir su evolución.

El médico le aseguró que se recuperaría durante la noche. Allí ya no hacían falta. Podían estar relajados e irse a casa. Su compañera estaba a salvo. Ellos se quedaron afuera; pensando qué podían inventarse para salvar la situación sin faltar a la patria. Tom llamó a Josefina para tranquilizarla. No le dijo la verdad, sino algo parecido que sonaba fiable: había sufrido una intoxicación alimentaria severa. Comió algo en mal estado que le produjo fiebre alta, desorientación y cuello rígido. Ni ella misma sabía dónde había estado. También dijo que cabía una posibilidad, que fuera debido a la salmonella (sabía que hacía nada se había detectado un brote en su zona). Parecía creíble. Josefina se sintió aliviada. Le deseó una pronta recuperación y les calmó.

—No se preocupen —le dijo a Tom— yo misma hablaré mañana con Camacho. En cuanto salgan de ahí vengan a verme a mí, no a él.

Josefina podía intuir qué tipo de intoxicación llevaba Danger encima pero prefirió, en contra de todas sus creencias, aceptar la versión de Tom y esperar. Decidió protegerla. Ella sabía lo que era vivir incómoda. Ella misma había dedicado toda su vida a la causa y la apartaron como a una mosca sin que la mierda cambiara lo más mínimo. Con Danger no sería muy distinto. Tom y English dieron por zanjado el asunto.

Antes del amanecer, Danger estaba intentando arrancarse el suero y discutiendo con la enfermera. Antes del mediodía, estaba de alta. Tenía un dolor de cabeza de elefante, pero se sentía aliviada. Le dolía todo el cuerpo incluido sus partes más íntimas y sensibles al placer. No recordaba con nitidez los pormenores del desmadre. Pero su propio cuerpo le detallaba su dimensión y desproporción. Tom y English le informaron de su estado en el coche, camino de casa de Josefina.

–Jefa –empezó a hablar English sin mirarle a la cara–, has sufrido una intoxicación alimentaria. La salmonella queda descartada. Has tenido fiebre alta, desorientación y cuello rígido –ahora que lo decía, sí que le dolía mucho el cuello, como una tortícolis–. No sabes dónde has estado, ni qué ha pasado. ¿Entendido?

A Danger le sorprendió la firmeza de su subordinado. Tom, a su lado detrás, la miró con delicadeza:

–¿Entendido? –insistió con suavidad. Danger se sonrió.

–Entendido –dijo arrastrando con ligereza las letras, agradecida por completo por el comportamiento de su equipo. Nunca se lo había preguntado, pero tampoco se había imaginado, lo que ellos estaban dispuestos a hacer por ella.

–Nos has dado un buen susto ¿sabes? –protestó English–. Espero que no vuelvas a hacerlo o que por lo menos nos invites.

Josefina, en contra de todo pronóstico, fue discreta y amable. Le sugirió no volver a la oficina hasta el día siguiente. Camacho ya estaba al tanto y, por ahora, se libraba de la baja involuntaria. Yo no sé qué le pasa a ese hombre contigo, se preguntó Josefina en voz alta. No se. Debe de estar celoso, y se arrepintió antes de terminar la frase, pero ya era tarde. Ella, por supuesto, se refería a celos laborales. En definitiva, Danger era su propuesta. Pero sabía, como todo el mundo, que si Camacho no lo sabía ya, no tardaría en saber, de la amistad especial que hubo, o había, entre Sofía y Danger. Iba a intentar arreglarlo pero pensó que mejor se arreglaba solo. Después le informó de las últimas noticias.

–Danger, yo no se lo que está pasando en ese edificio pero allí pasa algo. No es normal. Ha habido otro caso. ¿Te acuerdas de Justo, el vecino del quinto que descartamos en el caso de aquel pederasta atravesado por una cabilla?

–Si, me acuerdo.

–¿Te acuerdas que parecía un hombre ejemplar?

–...

–Pues resulta que, según todos los testigos, hay indicios de que empujó a su mujer por las escaleras. Se fracturó la base del cráneo. Murió en el acto.

–¿Y él que dice? –preguntó Danger.

–El dice que fue sin querer, que tropezó con ella. Pero hay testigos que aseguran que la empujó. Está en prisión preventiva y bajo interrogatorio pero ¿y si fue él?

–Bueno... podría ser que hubiera intencionalidad en el caso de Marino y en éste ¿Cómo se llama su mujer?

–Yaritza.

–En este caso de Yaritza. Pero no hay nada que lo relacione con Axila. Hay un testigo, el plomero, que declaró unos hechos que se corresponden del todo con las pruebas. Y tampoco hay nada que lo relacione con Santana. El hombre se clavó el dije en el cuello.

–¿Y si lo empujó también? Fíjate que Santana vive justo debajo. Existe la posibilidad de que lo matara y limpiara las pruebas. Él mismo confesó que lo odiaba, que era un tipo despreciable. Llegó a decir incluso que se lo tenía bien merecido.

–Quizá. Pero no hay ninguna prueba. Ni Justo ha confesado nada.

–Por ahora –anunció Josefina. A justo le quedaba un largo calvario que pasar–. Y, por cierto, las pruebas de laboratorio han confirmado que Justo es seropositivo, portador de VIH, y que Yaritza tenía SIDA. Tenía un nivel muy alto de células T. Todo parece indicar que Yaritza le contagió. Eso convierte a Justo en sospechoso.

–¿Pero no decías que era su mujer?

–Era la que vivía con él, su pareja.

El razonamiento de Josefina tenía lógica. Axila no encajaba, pero podía ser un caso aislado. Pero ¿y Roberto? ¿Qué relación tenían Roberto y Justo? Habría que preguntarle. Por ahora no había confesado, pero disponían de todo el tiempo del mundo para que lo hiciera.

Valentina estaba desesperada. Había conseguido normalizar toda la burocracia. Había solicitado la tutoría legal de Lenincito. Había dejado todo resuelto o encaminado. Había conseguido que durmiera un poco más. La medicación le asustaba. Babeaba, las manos le temblaban, hablaba con mayor dificultad, pero los médicos (tenía otra opinión autorizada del mismísimo Hospital Psiquiátrico de La Habana) insistían en que esa era la dosis y, la verdad, la violencia iba dejando paso, cada vez más, a la tranquilidad. Él siempre había sido un poco cabezón y protestón, quizá debido a su enfermedad. Gigi lo resolvía a trompadas, gritos y gaznatones; muy didáctica. Pero Valentina, pacífica y razonable (blanda para el gusto de la mayoría), confiaba en la autoridad de los médicos; por mucho que Magda los desautorizase una vez sí y otra también, con toda gratuidad. Lo van a matar, decía delante de su cara neutra y silenciosa. Pobrecito. Lenin también opinaba: ¡Pinga!

Había podido contra un sistema en el que poco o nada funcionaba. Un sistema que despreciaba al resto de sistemas del mundo en el que, con más o menos dificultad, con más o menos justicia, las cosas funcionaban; donde los trámites se resolvían en términos de horas, haciendo colas civilizadas ordenadas por un tíquet numerado, sin más privilegio que el de no tener privilegios y no pagando con dólares falsos (el peso convertible cubano, CUC, la segunda moneda oficial después del CUP, es, en definitiva, un invento del diablo) o coca colas o barras de labios y blúmers baratos.

Había podido con todo, excepto con dejar a Lenin bajo el cuidado de alguien. Arturo se la dejó en la uña. A dos días de marcharse no tenía nada más que la promesa de Lázara de pensárselo. Había sopesado incluso la opción de retrasar su viaje aunque le costara un dineral que ya no tenía. No podía dejar solo a Lenin. No podía. Pero si no se iba, tampoco podría hacer nada más por él. Llamó y canceló todos los contratos que tenía para el próximo mes. En breve ya no tendría ni para pagar el alquiler. En la península ibérica si tienes trabajo te pagan y con eso puedes vivir una vida digna, al menos por ahora. Pero si no tienes trabajo, vas directo a la calle, a la indigencia, en cuanto se agoten tus reservas y las escasas ayudas del gobierno. Incluso, en un ataque de enajenación mental transitoria, pensó en la posibilidad de quedarse allí para siempre, aunque el gobierno se lo impidiera. Pero vivir allí no era una opción. Vivir por la patria es morir.

Mucha gente carga con la isla a cuestas. Sigue comiendo arroz con frijoles, sigue presentándose en las casas sin avisar y abrazando a todo el que le acaban de presentar, como si lo conociera de toda la vida. Da igual que viva en España, Francia o Suecia. Valentina no. Valentina es un ser extraño, un caso de estudio. Nació en el lugar equivocado. Otros nacen con el sexo equivocado. Ella no eligió nacer en un país que le fue hostil desde el principio. Un país "revolucionario" que le obligó a sudar, día tras día, trabajara o no, para nada. Un lugar donde el futuro estaba hipotecado por un irracional ideario enajenado que no era capaz de alimentar a nadie. Una sociedad donde no podías quejarte, ni pensar por tu cuenta. Un estado donde estabas obligado a delinquir para sobrellevar la vida. Ella eligió ser española. Fue un acto maduro y consciente. Ahora es medio portuguesa, pero poco han cambiado las cosas. Europa es como una gran nación donde cabe casi todo. Aquí siempre sería una vende patria, gusana, disidente, desafecta, desagradecida y una larga retahíla de adjetivos descalificativos, ofensivos, ultrajantes, insultantes.

Magda preguntaba incansable. ¿Y cómo es esto, y cómo es lo otro? No sabía nada de tarjetas de crédito, de taxis, de comidas, de viajes, de paisajes, de costumbres. Cuba era un continente. El resto solo era una isla enorme. Una gran masa de roca lunar con destellos, amorfa y confusa, medio Edén y medio Infierno. En la cabeza de Magda convivían dos idea opuestas sin dificultad. En esa isla gigantesca la vida era Jauja. Había de todo al alcance de la mano. Solo con estar allí podías disfrutarlo, gastarlo, consumirlo. En esa isla ajena la vida era dura. Podías perderla a la primera de cambio. Estabas expuesto a cualquier psicópata o pervertido. Te podían violar, matar, descuartizar. Demasiadas películas del sábado y mesas redondas todos los días.

La desinformación es así de torpe. En el país que saca pecho de potencia cultural, la gente solo es instruida con medias verdades y medias mentiras, con lo que le conviene saber y no con lo que no le conviene, con lo que sea que lo mantenga donde quiere el estado que esté. Tampoco pueden evitarlo. Por mucho que lo pinten de negro a diario en la televisión, se filtran revistas (las peores por cierto) donde todo luce *happy*, limpio y nuevo, y los testimonios parecen cualificados. Las dos visiones se encuentran, chocan, pero no se repelen sino, más bien, se fusionan. Al final ese otro cacho de tierra, el malo, es percibido como una bola de mierda con diamantes incrustados.

Valentina no podía quedarse allí. No sería un sacrificio por Lenin. Sería un suicidio para ella. Aquél no era ya su lugar en el mundo. Le imploró a Magda que se ocupara ella de manera provisional. Solo debía darle comida y buscar a alguien que le mantuviera la casa en orden y limpia. Era lo único que tendría que hacer. Ella lo pagaría. Magda no tenía nada más que controlar que no se descontrolara la situación, mas o menos encaminada, pero ella rechazó todas y cada una de sus ofertas y propuestas.

Era la mejor amiga de Gigi, la que más la quería, la que más había hecho por ella. Era la que más se había sacrificado por Lenin; pero hasta ahí llegó lo suyo. Justo el día antes de salir, a punto del colapso, Lázara llamó a Valentina. Se lo había pensado.

La American Patrol se presentó en la unidad a primera hora como cualquier día en que, a pesar del sol, el parte meteorológico avisa que puede llover. Era un día más después de un agujero de dos. Camacho los había convocado en su despacho. Josefina siempre acudía en persona a avisar a Danger, ahí, medio encajada en la puerta, pero Camacho ordenó a su secretaria que llamara por la extensión. Eran otros tiempos. Se presentaron los tres. Camacho ya conocía a Tom y a English, así que no perdió tiempo en saludos. Miró a Danger de arriba a abajo como un aparato ruso de rayos X y se presentó con autoridad, por si aún no había quedado claro quién era. Él, con mayúscula, era el nuevo Director. Danger oyó su desagradable e irritante voz estupefacta. Tuvo gana de partirle la cara, pero le había prometido a Josefina que se comportaría.

¿Cómo era posible que Sofía la hubiera cambiado por aquel personaje? Odió a Sofía. Si ya su vida le parecía un asco, aquello sobrepasaba todos los límites de la inmundicia. De haber podido, se habría cortado allí mismo las manos tocadas por Camacho en ese saludo fofo, hipócrita y ridículo. Si no fuera por su promesa, le habría metido el puño por esa boca sin labios hasta destrozarle sus estúpidas cuerdas vocales, que hacían aún más ridícula y caricaturesca aquella combinación de masa grasienta con voz de flautín.

Danger sentía como aumentaba su presión arterial y disminuía su índice de tolerancia. Tom y English se colocaron a cada lado de manera estratégica. La conocían demasiado bien para dejarla decidir por ella misma en estas ocasiones.

Camacho les anunció que tenía otros planes para esa brigada, lejos de Micro X. En cada frase, en cada palabra, su celo profesional asomaba la cabeza. Su plan barcaza de anulación funcionaría a la perfección, salvo que surgiera algún torpedo imprevisto. Él había atado todos los cabos. Eso creía. Serían suyos todos los méritos. La American Patrol pasaría a lo insignificante, a lo rutinario, a multiplicarse por cero coma, por menos que eso.

Nadie de la Patrol dijo nada. La inquina era demasiado vieja. En ese brevísimo tiempo de recambio, el trabajo de Danger superaba con creces gran parte de lo que había hecho Josefina en su larga vida laboral. Danger no se andaba con chiquitas. Era operativa, práctica, confiaba en sus subordinados, les dejaba protagonismo y responsabilidad. Era imperfecta, dura, hosca, pero merecía la pena. Josefina giraba como la rueda de un tractor. Era buena persona pero sus ramalazos de nazi despiadada, de vez en cuando, calentaban a más de uno. El Partido, tuviera razón o no, era el Partido y las órdenes, eran órdenes. Nadie esperaba piedad de Josefina en caso de caer en desgracia. La mole cilíndrica le aplanaría sin cuidado. Danger fue, quizá, la única excepción de la regla, la privilegiada receptora de su impar indulto, pero Josefina ya tenía los dos pies fuera de aquella máquina y ella querría dejar todo bajo "su" control. La acción tenía sus flecos.

Al final, después de más de media hora de monólogo aburrido y torpe, Camacho exigió todos los informes de los casos de Micro X sobre su mesa y se interesó por los detalles. Era la mayor concentración de tragedias, por metro cuadrado y minuto, a la que se enfrentaba la unidad desde tiempos inmemoriales. Desde arriba exigían explicaciones y él quería darlas.

—Tenemos a un sospechoso —empezó Camacho—, a un tal... Justo.

—En apariencia... son casos aislados —dijo Danger con pereza, sin ánimo de entrar en detalles—. No hay ningún indicio convincente que inculpe a ese sujeto.

Camacho sintió como si alguien frotara una cuerda en su memoria. Aquella voz le resultaba familiar. Aquella voz masculina que apocaba la suya pertenecía a alguien que llamó con persistencia a Sofía durante mucho tiempo. Sofía le quitó hierro al asunto cuando le exigió explicaciones: Es una prima con la que me he peleado. No quiero saber más de ella. A él le pareció un argumento más que consistente. Jamás le pasó por la cabeza que aquella prima era, en realidad, su amante, su amor secreto, su vida. Pero ahora tenía una prima borrosa delante que, por su color, era imposible que fuese su prima carnal y por sus modales, un ejemplo de femineidad. Por ahora solo era una voz que aún no colocaba del todo detrás de aquellas conexiones telefónicas. Era solo un timbre que sonaba familiar de manera extraña, exótica, accidental.

—¿Nos conocemos? ¿Te conozco de alguna parte? —preguntó. Tom tragó en seco. English puso a prueba de hermeticidad sus ojos retráctiles de sapo replegándolos en su interior.

—No. No creo —se limitó a responder Danger con tal espontaneidad y seguridad que no admitía duda. No la conocía.

—Bueno. Eso es todo... por ahora —y ese "por ahora" venía cargado de prepotencia y amenaza. La autoridad es otra cosa. Algo que quizá percibía Camacho, algo que quizá le perturbaba y que no podía evitar.

Al salir de allí, Danger ordenó la primera respuesta indisciplinada ante la arbitrariedad de Camacho: No entreguen nada, por ahora, dijo subrayando "por ahora" con un tono aflautado. Vámonos a Micro X.

Dicho y hecho. Se subieron al Lada 2105 blanco y partieron. Algo no encajaba a Justo como culpable. Más bien parecía una víctima, pero era algo que había que descartar. ¿Justo el modelo?

Debían preguntar por todo el vecindario. Debían rastrear cualquier cosa que pareciera sospechosa. Allí, el problema principal era que tenían mucho ruido y poca señal, mucha información irrelevante y poca información de calidad. Todos se prestaban a desembuchar a gusto, pero era como buscar una aguja en un pajar o un trozo de salchicha en un enorme charco de vómito. Demasiada cacofonía.

Era de día, un día de trabajo normal, de sol, pero había gente de sobra para preguntar y aún más para responder. «¿A qué hora trabaja la gente aquí?», se preguntó English, pero esa era una interrogación recurrente y retórica que no encontraba, ni buscaba, respuesta. Era solo una pregunta de desahogo. Estuvieron por allí hasta mucho después de comer interrumpiendo la pesquisa solo para almorzar una pizza de veinte pesos de pie, en los chiringuitos de enfrente a la parada de los taxis, al lado del rutero. Allí, por pura casualidad, vieron a Valentina con Lenin. Ella limpiaba como podía el queso derretido y ardiente, que Lenin acababa de echarse encima. Danger sintió pena por esa chica y se acercó para saludarlos.

—Le llamé —le dijo Valentina nada más verla.

—Lo sé, perdona que no te devolviera la llamada pero he tenido unos días muy complicados, horribles —terminó la frase sonriendo y Valentina entendió que se trataba de casos más feos, de más muertos o algo por el estilo.

—La mujer de Justo se partió el cuello —era ese el mensaje que intentaba transmitir al no verlos a ellos aparecer por allí, aunque suponía que estaban al tanto—. El barrio está, como dicen aquí, ¡en llamas!

—Si, es extraño.

–Mañana me voy. Lo más probable... –Danger se preguntó cómo mediría aquella probabilidad tan difícil, pero no dijo nada–, así que aprovecho para despedirme de ustedes. Les invitó a un café en la casa.

–Gracias, no te preocupes... Aunque no lo parezca, estamos trabajando.

–Quiero dejarles unas cosas que encontré. Creo que puede ser interesante para la investigación.

Danger sintió curiosidad y aceptaron. Regresaron caminando juntos al ritmo del paso torpe de Lenin.

Era su último día. Su maleta estaba hecha. Le costó cinco minutos colocar su ropa, sin preocuparse demasiado en distinguir lo sucio de lo limpio. Aún esperaba un milagro, pero no creía en los milagros. Se veía muy afectada; como una madre a punto de abandonar a su recién nacido en las puertas de una cafetería. A punto de decidir entre él o ella. Hizo el café y lo sirvió, como otras veces, en los pequeños vasos de colores de Ikea, que trajo para Lenin.

–Me voy –dijo Lenin–. Me voy del país –en realidad unos escucharon "Me voy del país" y otros "Me voy a morir". Era difícil entenderlo si no conocías bien su jerga. Valentina sabía justo lo que dijo, signo a signo. Podía leer cada uno de los pictogramas que dibujaba dentro de su cabeza. Lenin se iba con ella. Eso había decidido saltándose todo lo imposible. Su mundo es simple, pero le tocó vivir en otro muy complejo; demasiado complejo incluso para los que tienen mayor capacidad de entenderlo. Todos miraron a Valentina con curiosidad.

–Está muy nervioso. Me voy mañana –parecía que el aire escaseaba y dificultara la respiración. Valentina entregó a Danger una caja vacía de zapatos–. Aquí están todos los CD y DVD que había en esta casa; excepto uno de muñequitos que dejé para Lenin. Los he visto en mi ordenador uno a uno... las noches son muy largas. Creo que pueden darles alguna pista.

Danger abrió la caja y pudo ver un montón discos y un par de llaves USB. No esperaba que explicara por qué ahí, en esas películas y quizá fotos, pudiera haber información de calidad, señal en lugar de ruido, Lenin estaba delante, pero agradeció el gesto y lamentó, aunque no lo dijo, no tener la oportunidad de poder aclarar algo en caso que hiciera falta. Valentina, como si adivinara su pensamiento, les dejó una tarjeta con su correo electrónico y teléfono en Portugal. Supuso que quizá ellos si tendrían acceso a la red de las redes; dio por hecho que su trabajo requería de ese privilegio, aunque no estuviera segura. Nadie de la American Patrol se atrevió a hacer "la" pregunta. Nadie la hizo pero todos, con una cierta prerrogativa paternal de exención la pensaron: «¿Qué pasará con Lenin?».

La insumisa Patrol se marchó y Valentina se sentó con Lenin a ver la televisión. En un programa infantil, los niños recitaban de memoria lo felices que eran y lo protegidos que estaban, declamaban versos de José Martí, el Apóstol, y jugaban cantando y riendo de la mano. Gigi renunció al sistema estatal para disminuidos psíquicos (que allí, es curioso, trataban de retrasados sin eufemismos), en cuanto Lenin decidió que en su casa, sin hacer nada más que ver la televisión, se estaba mejor. Sin querer, o queriendo, con ésta decisión, lo dejó desamparado para siempre. Valentina no quería volver a lo mismo. De nada servía ya repartir la culpa. Ya estaba harta de cagarse en sus muertos. No valía la pena. Los muertos no opinan, ni deciden, ni hacen. Solo están ahí para ser recordados u olvidados, o las dos cosas.

Al caer la tarde tenía un dolor de cabeza tal, que pensó que se moría. Le extrañaba que Magda no hubiera llamado después de la inesperada visita de la Patrol, pero las cosas entre ellas empezaban a ocupar su lugar. Ni era tan amiga como repetía. Ni era tan humana como quería que el resto del mundo apreciara.

Magda era una mujer acomplejada que no podía parar de comer, ni de traficar con la absurda confianza que creía merecida. Es verdad que ayudaba a Valentina pero siempre extremando precauciones para que no le chapotease. Daba órdenes, desde no le salpicara el barro, para indicar la salida del agujero, pero no se metía para agarrarle de la mano y tirar de ella. Valentina se hartó de su grosería, de su veneno y de su autocomplacencia. Se hartó de aquel lugar donde un día sí y otro también, la frontera entre estar vivo y estar muerto era cosa del azar. Se hartó de tanto ruido y pocas nueces. Se hartó de la televisión, del país, de Fidel. Se hartó hasta de estar harta. Empezaba a sentir alergia. Tenía ganas de pegarle fuego a todo, de gritar, de estallar pero ahí estaba, con una mano delante y otra detrás y Lenin delante sin parar de mirarla y guiñarle un ojo.

Entonces tocaron a la puerta. Era Lázara. Lenin se levantó de su sillón y la abrazó. Quizá fue su forma de gritar: ¡Auxilio! A pesar de todo, Lenin era un niño inteligente. De alguna manera era mucho más listo que muchos de sus vecinos del barrio. Lázara abrazó también a Valentina. Era como una hermana mayor. Luego se sentó y, bebiendo su buchito de café, largó su decisión.

Lázara no podía dejar a Lenin solo. ¿Qué va a pensar mi amiga? Se preguntó en voz alta. Desde que Valentina fue a verla no pudo dejar de pensar en Lenin. Según ella, "su amiga" se le presentaba en sueños y le rogaba que no le dejara solo. Valentina se ocuparía de los dos, pero ella tenía que irse. De esto no dijo nada. Solo repitió que se ocuparía de él de manera provisional. Valentina irrumpió a llorar sin control. La abrazó, la besó, la volvió a abrazar con fuerza. En ese momento unos lazos invisibles enredaban sus destinos pero les iría bien. Lenin también la abrazó y disfrutaron de un momento mágico en el que no se fue la luz, ni el agua, ni se oyó lo que escupía el televisor, ni el ruido que llegaba de fuera. Lázara venía con sus cuatro cosas para quedarse. Valentina podía, por fin, irse en paz.

Después de un visionado rápido del contenido de aquellos discos y memorias Tom clasificó todo el material en tres grupos: 1. películas y series intrascendentes: quizá del paquete, 2. serie *1000 maneras de morir*, casi completa, y 3. películas porno. El primero fue retirado de cualquier análisis. Nada interesante desde cualquier punto de vista; ni siquiera de ser ilegal. El segundo era extraño: ¿por qué esa obsesión? ¿Por qué tantas maneras de morir? El tercero indiciario. Todas las películas eran copias malas de cine XXX profesional; pero todas eran producto nacional. Eso era tremendo, sin comentario. Habían muchos vídeos caseros; pero no aparecía, de momento, ningún sospechoso conocido. Ambos grupos apuntaban a alguna extraña fascinación que merecía ser estudiada con detenimiento. ¿Quién era el fascinado? ¿Por qué? ¿Podían tener alguna relación esas respuestas con los casos de Micro X? Valentina tenía razón. Allí había más que algo.

Justo confesó. Tal y como Danger supuso, confesó todo lo que le pusieron sobre la mesa. La mayoría de los inocentes confiesan. Son débiles. Los culpables tienen mayor tolerancia al estrés. Son fuertes. La confesión, el reconocimiento de un hecho, no es un simple gesto desesperado; es la admisión de un delito. Justo confesó una retahíla de contradicciones incapaz de convencer a nadie. No lo hizo bajo juramento.

En Cuba jurar no sirve de nada. Pero lo hizo. Tom tuvo acceso a la transcripción del interrogatorio, no por derecho propio, sino gracias al favor de un compañero. Camacho llegaba con mal pie. No caía bien. No gustaba. Sin embargo, aquella brigada había ganado sus derechos por méritos propios. Las cosas funcionan así, incluso dentro de la ley.

Debían apartarse del caso, olvidarlo para siempre; debían entregarse a sus nuevas responsabilidades intrascendentes, pero no podían. Pasa siempre. Algo más allá del ego, o del éxito, los pega con fuerza en algún momento. Algo como un chapapote espeso y pegajoso arrastraba a la American Patrol hacia un final incierto. No podían detenerse, aunque Camacho se interpusiera en su camino, aunque dieran con su propio fin. Algunas confesiones de Justo, sin embargo, fueron más convincentes que otras.

Admitió haber matado a Bobe. No fue Lenin, no. Fui yo. Dijo con seguridad. El fallo cardiorrespiratorio determinado en la autopsia no fue producto de una progresión. No sufrió nunca de insuficiencia respiratoria. Ahora Justo se confesaba el autor del crimen. Le suministró ricina. Dijo que había higuereta por todas partes. Las semillas del ricino (*ricinus communis*, alias higuereta) son venenosas. Basta un miligramo por kilogramo de masa para matar a un adulto; pero esnifarla es mucho peor que tragarla. Justo machacó las brillantes y pulidas semillas hasta conseguir un polvo muy fino, alteró una inhalador de asma y, justo cuando más lo necesitaba, en pleno ataque asmático, lo sacó del bolsillo y se lo ofreció como alivio. Después de la inhalación de ricina, la insuficiencia respiratoria es la causa principal de morbilidad y mortalidad en los seres humanos. Al día siguiente Bofe expiró de un color azuloso. Pero no se detectó. No había ni rastro de ricina en las muestras de tejidos y fluidos biológicos de Roberto Ferrer Roca.

También escupió el móvil del crimen. Mucho antes de apareciera Yaritza en su vida, Justo fue amante de Gigi. Bobe era custodio y pasaba la mayor parte de las noches fuera. Llegaron a fornicar incluso en su propia casa. Sin embargo, Bobe se olió algo raro y Gigi cortó con él de manera radical. En realidad lo usó para pasar el rato; ni siquiera era un buen amante. Justo se distanció de los dos, pero siguió sufriendo en silencio los desaires de Gigi. Después vino lo peor: el maltrato. Más de una vez escuchó cómo Bofe y Gigi se insultaban y vejaban. Más de una vez vio como se pegaban. Pero él no era imparcial y sabía mucho de monte. Muchas veces compartió algún trago con Bofe para ganar su confianza. Era un asmático intermitente. A veces lo veía sacar el inhalador y darse un fotutazo. Cuando Gigi falleció, también por culpa de Bofe, fue su momento. Se presentó para darle el pésame y se ofreció para ayudarle en lo que hiciera falta. El día del crimen pasó a saludar y lo encontró medio borracho sentado en la cama con falta de aire. Había hablado con Valentina. Estaba aterrorizado. Él, el hombrote, no sabía cómo lidiar con la pequeña Valentina. Le ofreció su inhalador. Ni siquiera se dio cuenta, dijo. Se acostó y al día siguiente lo encontraron muerto.

Aquella confesión parecía condenarle, pero era incapaz de explicar los otros casos; en el supuesto que fueran crímenes. Con Marino fue fácil. Confesó que, en realidad, le tiró la cabilla; que lo de fingir que se había caído fue pura mentira. Dijo que lo odiaba, con toda su alma, que era el ser más repugnante que había conocido, que aquella cosa de semejante calaña merecía estar muerta. Era difícil demostrarlo pero, de veinte veces que los voluntarios probaron a tirar una cabilla como aquella desde la azotea de un edificio similar del Ministerio, solo en una ocasión se consiguió que encajara recta en la hierba. Era difícil creer que aquel viejo tuviera tanto control para acertar a la primera y pudiera librarse de Marino. Era mucho más probable que fallara.

Lo de Santana y Axila fue un auténtico delirio. Dijo que había entrado en la casa de Santana en su ausencia y que había regado en el suelo un polvo invisible resbaladizo. Le preguntaron qué cosa era eso de invisible y de dónde lo había sacado. Dijo que lo había hecho él mismo con semillas de amapola y cortezas de olmo y de guayabo. Sabía que Santana bailaba. Era una yegua vieja bailarina, eso dijo. Podía oír la música a todo trapo, a todas horas. Sabía que se drogaba con cocaína. Le había visto comprar y vender cuando él creía que nadie podía distinguirle en mitad de la noche. Los secretos rara vez terminan siendo secretos. Pero la historia fallaba por todas partes. Más bien parecían argumentos delirantes ajustados con alfileres a los hechos que el barrio comentaba.

La de Axila era parecida. Más de lo mismo. Según él, la puerta estaba abierta y Axila estaba encuera en el suelo con espasmos; así dijo. Le trajo agua con polvo de ricino diluido. Apenas pudo beberla.

–¿Por qué quiso matarla? –le preguntó el investigador.

–Era una puta –dijo–, que abortaba tantas veces como le vomitaban encima. No merecía estar viva. No –pero resulta que el vómito no era suyo.

Justo se presentó como una especie de justiciero ético pero sus coartadas eran más que débiles. Por supuesto, en los análisis practicados a Axila no había rastros de ricino, ni vasos con sus huellas dactilares, ni huellas de pisadas. Es cierto que el suelo de Santana brillaba como una patena pero también es cierto que estaba demasiado pulido. No era nada raro que refulgiera. Tampoco se detectó ningún tipo de polvo, mucho menos invisible, como aseguraba Justo.

Tom pudo verificar, más o menos, la información que relacionaba a Justo con Roberto. Unos decían que eran amigos. Otros decían que eran enemigos. Muchos aseguraban que Justo era muy amigo de Gigi y que luego se distanciaron.

Nadie corroboró la tesis de una relación sexual extra conyugal. Nadie los vio, pero se supone, que de ser cierto, era justo lo que ellos querían.

En definitiva, Camacho cerró el caso. Tenía un culpable, sospechoso de tres delitos y confeso de cinco. Llevaba allí menos de una semana y cerraba un caso, su "primer caso", el caso que la Patrol no supo cerrar. No hubo reconocimiento para ellos, al contrario; solo insinuaciones de errores y chapuzas. Ni siquiera esperó a tener los informes que pidió sobre la mesa. No le hizo falta. Se basó solo en la confesión de Justo. Tampoco hubo nada de nada para la otra brigada que acudió el día que Justo, en teoría, empujó a Yaritza. Los reunió, hablaron de la verosimilitud de la confesión y punto. Eso fue todo. Así funcionan los verdaderos burócratas: corriendo descalzos sobre un campo de minas como si fuera un campo de fresas por siempre.

Déjame llevarte a allá,
porque voy a los campos de fresa
Nada es real y no hay nada para perder el tiempo
Campos de fresa por siempre.

Vivir con los ojos cerrados es fácil,
entendiendo mal todo lo que se ve.
Se está poniendo difícil ser alguien
pero todo se resuelve,
no me importa mucho.

Valentina regresó. Llegó a Lisboa una tarde fría empañada por una lluvia gris. Nada más puso un pie en su pequeño apartamento descolgó el teléfono y llamó a Lázara. Estaba preocupada. Durante el viaje soñó, en una suerte de duermevela incómodo, con ventanas volando por el aire, puertas arrancadas, automutilaciones, muertos asesinados. Sabía que no había sido precisa. No lo suficiente. Debía de haberle contado a Lázara cosas que seguro olvidó. No le lleves la contraria. Ten mucha mano izquierda. Cuando se encabronaba no le hagas caso. Déjalo solo hasta que se le pase. No toques sus cosas. No se puede. No lo olvides. Esconde cualquier cosa con la que pueda hacerse daño. La encontrará, pero pónselo difícil. No dejes comida a su alcance. Por las noches se come todo lo que encuentre en el refrigerador; esté o no cocinado. Es capaz de comerse un *cake* de cumpleaños entero. ¡Dios mío!

—Tuve que darle un calmante, se quedó muy nervioso —dijo Lázara y, a continuación añadió—. Pobrecito.

Hablaron largo y tendido. Tenía que alertarla de todo lo que era capaz de recordar. Lázara sonreía, aunque Valentina no podía verla. Su última frase fue:

—No te preocupes niña —dijo como si fuera un dardo tranquilizante—. Tú vas a ver como todo se soluciona. Él se va a portar bien. Tú verás.

Valentina dijo la última palabra. Gracias.

Tenía el buzón lleno de publicidad, cartas del banco y de seguros, de compañías de teléfonos y de gas. Unas pretendían cobrar determinados servicios, otras querían encargarse de esos servicios, otras ofertaban nuevos servicios. Todo eso podía esperar. Estaba cansada, demolida, extenuada, agotada. Necesita reconciliarse con su soledad.

El trabajo lo primero. El mes en Cuba le forzó a cortar con el mundo, con ese otro mundo extraño donde ella habita. Necesitaba recuperar esa cadena invisible por donde llega el alimento. El mes en Cuba la puso al borde de la ruina, empeñada en perfumarle con su aliento un día sí y otro también. Por fortuna, poco a poco, semana a semana, pudo salir de sus viejos compromisos y comprometerse en nuevos. Ahora sus fados sonaban y la gente lloraba. Y a la gente le gusta llorar. Por primera vez, la reclamaban en todas partes.

Sin embargo, no podía evitarlo. Todos los días le despertaba la misma pesadilla. Lázara se largaba. Lenin quedaba abandonado. Solo mirar el teléfono le daba pavor; oírlo sonar, pánico; llamar, lo siguiente. Pero lo hacía, tenía que hacerlo. Como había prometido Lázara, todo seguía solucionándose; con desenvolvimiento, diría su madre; fluyendo, diría un filósofo. Es difícil saber cuándo las cosas tocan fondo. Siempre se puede estar peor. Pero se nota cuando superan el punto de inflexión más bajo; cuando empiezan a mejorar. Es como un ligero soplo de fragancia que aumenta de cuarto de hora en cuarto de hora el sueño. En pocas semanas la pesadilla parecía agotarse. La niebla se desvanecía y todo volvía a nacer.

Su madre no dio la cara. Valentina no lo esperaba; aun así sentía cierta liberación. Lenin tenía su casa modesta, limpia y ordenada. Decente. Estaba atendido como nunca. Jamás volvería a tener las uñas de garfio. Jamás volvería a tener garrapatas. Jamás pasaría hambre.

Ahora Lenin tenía cama; mañana tendrá sofá, mesa, sillas. Antes de tomar el taxi en Micro X para llegar al aeropuerto lo dejó bien claro para quien quisiera oírla: Cuidadito conque a Lenin le pase algo. Yo tengo línea directa con mi madre.

No puede explicar muy bien por qué lo dijo. Le salió. Como el que escupe un gargajo en una acera transitada. Fue una chusmería inédita, pero necesaria. Pitó fuerte. Todo el que la oyó sintió pánico. La guadaña volaba bajito. Todo receptor replicó su amenaza hasta conseguir un efecto viral. Valentina no lo sabía, pero se había ganado a toda aquella gente para la que la mayor virtud era el valor. Todos cuidarían de Lenin. Nada podría pasarle. Nada peor de lo que ya había pasado. Nada que les enfrentara con Gigi.

La American Patrol gozaba de una relativa calma. Lo bueno que tenía la venganza de Camacho era que, de manera inconsciente, les había premiado con un envidiable tiempo libre, el mayor tiempo en subvención jamás soñado. Podían investigar a la sombra de la burocracia sin que nadie los molestara. El caso estaba cerrado. Ellos cumplían, con absoluta rigurosidad, todo el absurdo de la tramitación y el papeleo. Operaban en secreto, como tres espías en una nación hostil.

Camacho, sin embargo, seguía inconforme. Había escuchado sin querer, al menos creyó escuchar, una leve insinuación acerca de la orientación sexual de su mujer. Alguien la había tratado de bombera. Dijo algo así como: la jeva del cerdo, la bombera. Es verdad que no dijo su nombre, pero la descripción no podía ser más exacta. La palabra cerdo pasó inadvertida, dada por supuesta. La palabra bombera provocó en las terminaciones nerviosas auditivas de Camacho una oleada de activaciones neuronales que alcanzaban a las palabras: prima, tortillera y Danger.

Desde entonces asomó la desconfianza y, a partir de ahí, las cosas no podían sino empeorar. Los celos y la rabia le quemaban. Había una lesbiana amante en cada rostro. En cada oficial una adúltera se reía en su cara, se burlaba, le vacilaba. No tenía nada pero sentía, percibía, que su orgullo de machito estaba en entredicho. Todos sabían algo, menos él.

Se sentía estúpido; como el emperador, iba desnudo. Es curioso, porque era estúpido, pero el estúpido solo se puede sentir estúpido por alguna estupidez; jamás como resultado de algún proceso autorreflexivo.

Sofía no le era infiel. Nunca le fue infiel. Quiso a Danger y después a él, aunque siguiera queriendo a Danger. El amor no es cosa de dos, unipersonal, monógamo. Cada amor es único, diferente, no exclusivo. Dejar a Danger abrió una herida que, en parte, Camacho cerró. Nunca fue demasiado razonable, pero algo se había perdido sin remedio en algún momento. Algo se cayó y se rompió. Camacho se había superado en algo más absurdo, insensato, disparatado, desatinado, cruel, intratable, avinagrado, cafre, déspota, animal. Más simio. Más porcino. Empezaba a estar harta. Captaba sus indirectas, las que pretendían ser sutiles, y las directas y descaradas que pretendían hacer daño. Sentía desprecio por su comportamiento. Un día, como era de esperar, se acabó. Sofía recogió para irse. Había consumido su dosis de él. La agotó.

—Te vas ¿no? —«¿Con el bombero peligroso?», le pareció escuchar. Tuvo ganas de desenfundar su pistola y matarlo allí mismo, pero no merecía la pena malgastar esa bala. Él mismo se había suicidado. Para ella estaba muerto. Muerto y enterrado. Muerto y apestando. Enterrado y apestando. Sus labios se mordieron. Sus dientes se hirieron. No hubo palabra alguna. Él blasfemó y gritó. La sacudió. Sofía lo apartó en un solo movimiento. Él es mucho más grande, más fuerte, más cobarde. Le pegó un puñetazo por la cara. Le cogió desprevenida. A pesar de todo, no lo esperaba. Perdió el equilibrio. Estrelló su cabeza contra la mesa. Los cristales saltaron como fuegos artificiales. Cayó KO al suelo. Camacho aún no estaba satisfecho. La pateó insistente como patea un futbolista al balón en el área de penalti. La pateó por la espalda. La pateó por la cabeza. La pateó en el aire. Y se largó. Abrió la puerta y se largó.

Sofía quedó inconsciente, ajena, inerte. Quedó como un bulto abandonado, como un saco de arena, como una muñeca de plastilina. Pasaron horas. Quién sabe cuántas horas cayeron, con sus respectivos minutos y segundos, hasta que recuperó la conciencia. Le dolía todo. No podía mirar. Un ojo no se abría. No podía respirar. Apenas se podía mover. Se arrastró como una babosa hasta el teléfono. Quién sabe cuánto tardó en descolgarlo. Llamó al 106 y susurró su dirección con el aire que le quedaba. Después se fue la luz.

Camacho no apareció por la oficina. Sin moros en la costa. Sin necesidad de convocatoria, Tom, English y Danger se encerraron en la oficina de la "Jefa". Habían hecho sus tareas. English había visionado la mayor parte de las películas. Tom había repasado todas las entrevistas. Danger había revisado todos los informes forenses. Danger colocó el cartel de NO MOLESTAR en la puerta como de costumbre y pasó el pestillo.

Se miraron como se miran unos jugadores de póker que acaban de recibir sus cartas y son tan raras que ninguno quiere ser el primero. La jefa rompió el hielo. Por mucho que Justo se inculpara, había muchos agujeros en su declaración imposibles de verificar. No había pruebas definitivas de que lanzara la cabilla-jabalina. No había certeza absoluta de que empujara a Yaritza. Todo parecía indicar que ella le había contagiado, teniendo en cuenta los estadios de la enfermedad en cada uno de los dos, pero tampoco se podía garantizar con toda fiabilidad que así fuese. Podría haber un motivo: la venganza. Pero Justo tenía que ser más que estúpido y suicida para lanzarla escaleras abajo delante de todos. Tom pudo corroborar la falta de unanimidad en las declaraciones. Cada uno vio una cosa diferente. La vecina de abajo, desde primera fila, apoyada en el murete del pasillo, no pudo asegurar que la empujara. Todo fue demasiado rápido, pero ella juró que Justo apareció después de que ella rodara y no antes.

La del otro lado, que salía en ese momento, vio como Justo se colocó detrás para despeñarla aunque tenía las manos ocupadas. Para un vecino de enfrente, a Yaritza se le torció un tacón. Para otro que pasaba por ahí, justo al ponerse detrás suyo le empujó por el cuello. Las cosas pueden parecer lo que no son. Lo contrario también es cierto. No tenían cómo probarlo, pero no había señales de violencia, salvo la que aportó la escalera de piedras aglutinadas en cemento prefabricadas.

No había pruebas de ricino en el cuerpo de Roberto. No había huellas en la casa de Axila, excepto las de ella descalza y las de las botas militares de Guao. El vómito era exclusivo de Guao. No había rastros de ningún producto raro en el suelo de Santana. No había nada de nada; sin embargo, allí había gato encerrado. Era lo que todos presentían.

Entonces le tocó el turno a English, pero tuvo que esperar a que Danger regresara del baño. Tras una arcada que amenazó con vomitarles a presión salió corriendo; tardó menos de lo que tarda en desaparecer un merengue en la puerta de un colegio, menos de lo que tarda en despacharse una vomitona que se respete. Al volver dijo masajeando con suavidad el estómago: Estoy embarazada. Su cara parecía un papel. Sonrieron la gracia que no tenía la más mínima gracia; no querían dejarla mal para una vez que se atrevía a hacer un chiste. Llevaba tiempo así: pálida, ojerosa, débil, pero era difícil controlar a aquel ser indómito y adusto.

Para English las pelis porno, que aportó Valentina, no aportaban nada. Mete y saca por aquí y por allá sin ton ni son, concluyó en menos de un comentario. Sin embargo para Tom no eran las películas, sino lo que no mostraban las películas, donde estaba lo interesante. Lo colateral. ¿Quién suministraba las películas? ¿Quién las consumía? Todos los discos parecían limpios. No había ni una sola referencia a lo que había "dentro". Todos guardados en envoltorios de plásticos decorados con imágenes de películas infantiles. Las películas del primer grupo mostraban impresiones y fotocopias lo más parecidas al producto original. Era una práctica común en la isla el tráfico ilegal de películas. Las podías comprar incluso en los antiguos ex-grandes almacenes. Te las vendían en cualquier parte. Era una de las nuevas formas de hacer negocios privados tolerada por el Estado. Pero estas XXX se camuflaban detrás de inocentes copias de películas infantiles de Disney. Estaba claro que solo quien respondiera a esas dos preguntas sabía qué había detrás de qué. Tom tenía noticias al respecto. Santana distribuía esas películas por el barrio y Roberto las consumía. En el club de borrachines privado, del cual Bobe era miembro permanente, lo sabían de sobra. Todos lo confirmaron y Magda aseguró bajo juramento, aunque solo fuera por su madre, que las veces que Gigi viajó invitada por su hija, a España primero y a Portugal después, siempre por un período de tres meses, Bofe veía esas películas con Lenin. Magda lo odiaba porque aseguraba que era un depravado.

–¿Existe algún indicio de abuso sexual a Lenin? –le preguntaron durante la investigación.

–No, que yo sepa –respondió Magda.

Él mismo comprobó que tampoco existía acusación formal. Solo eran chismorreos de barrio que ahora empezaban a revelar la imagen de un oscuro puzle.

English dijo que uno de esos discos contenía material pedófilo. Lo mencionó con indignación y repugnancia. Había cientos de imágenes de niñas en posturas y actividades sexuales. Estaba investigando quiénes eran esas niñas, pero sospechaba que pertenecían a aquel entorno. Esas imágenes si aportaban y mucho. Esas niñas y adolescentes eran, solo en presunción, de Alamar, Cojímar, Habana del Este y alrededores. En la casa de Marino se incautaron múltiples copias de ese mismo CD y anotaciones que confirmaban la sospecha. Marino se lo vendió y Bobe lo compró.

–Bobe no era maricón –señaló English–. Perdón Jefa, homosexual. Pero Magda tenía razón: era un depravado.

La serie del segundo grupo: *1000 maneras de morir*, también aportaba información relevante. Aún no había podido ver todos los capítulos que había grabados en aquellos discos, pero había una correspondencia asombrosa entre algunos episodios y los hechos.

En el capítulo #323, *Por vomitona*: una mujer hermosa sufre de un padecimiento poco común denominado hemetofilia o vomerofilia. Siente placer cuando le vomitan encima. La chica acude a un concurso de comer *hotdogs*. Está excitada solo de imaginar lo que puede salir de aquellas bocas después de comerse más de cincuenta salchichas. El ganador es un asiático. El hombre apenas puede celebrar la victoria. Está a punto de vomitar. Va hacia el baño. La chica le está esperando allí en ropa interior. Se le acerca. Le pide una ducha romana. Está a punto del orgasmo nada más empieza la incontenible vomitona. Abre la boca para tragárselo todo pero una salchicha le obstruye la tráquea. Muere de asfixia. Axila falleció de la misma manera. Gigi le suministró las salchichas y Guao hizo el resto.

En el capítulo #237, *Atravesado*: un pervertido se dedicaba a sacar fotos con el móvil debajo de las sayas y vestidos de las mujeres. Se agachaba fingiendo recoger algo y clic. Su mayor deseo era dar con alguna que no llevara blúmer puesto. Un día fotografió a una chica a punto de comprar unos perritos bajo su ancha saya, con tan mala suerte, que no se dio cuenta que su víctima iba acompañada de su novio: un obrero de la construcción que imponía. El hombre oyó el clic y le fue encima recriminándole qué hacía. El sujeto se retiró unos pasos. Una barra de hierro liberada por una imprudente maniobra de un obrero desde el tejado le atravesó matándolo en el acto. Toda la descripción de los daños coincidía con pelos y señales. La barra de hierro, que cayó desde unos 9 o 12 metros, atravesó a la víctima a una velocidad de entre 30 y 40 km/h. Entró por el costado izquierdo del pecho, atravesó el pulmón, el corazón, el diafragma. Salió por el costado y lo mató en el acto. Marino murió igual. La barra entró por el mismo lado y atravesó los mismos órganos. Una extraña coincidencia.

En el capítulo #147, *Plataforma mortal*: un hombre adicto a la cocaína baila con desenfreno música disco sobre unas plataformas enormes para disminuir los efectos. Consume y baila sin parar. En medio de su espectáculo, un mal paso le precipita al suelo. Su colgante con forma de signo sexual masculino le corta la vena yugular. A Santana, el dije de plata que robó a Valentina, con forma de flecha colgado de una gruesa cadena, le cercenó la yugular en una situación similar.

En el capítulo #268, *Orspasmo*: una chica llamada Lucy pasaba la mayor parte del día tratando de evitar orgasmos. Sufría una rara enfermedad llamada Síndrome de Excitación Sexual Persistente (PGAD, por sus siglas en inglés). Lucy asustó a todos los hombre que conoció excepto a Set, un perdedor al que le daba un placer enfermo provocarla de manera insistente. Set no sabía cuando parar. En pleno ascenso por unas escaleras, Set la tocó con un masajeador muscular. Lucy se giró sin querer con tal fuerza que le alcanzó con un puñetazo en la cara y lo lanzó escaleras abajo mientras sufría un orgasmo. Set se rompió la cabeza. Cayó hacia atrás. Se golpeó la nuca. Las áreas de la médula espinal que le permitían respirar y controlar el ritmo cardíaco se rompieron. Si no respiras y el corazón no late, decía el locutor del episodio, estás muerto. Es probable que Yaritza sufriera PGAD, lo que el barrio traducía con extrema libertad por "fuego uterino", una especie de deseo irrefrenable sexual. Yaritza tenía un amplísimo currículum de promiscuidad que le llevó a contraer el VIH.

En la casa de Justo habían incautado toda clase de juguetes sexuales incluidos vibradores, bolas chinas y consoladores. Todo estaba guardado con celo en las gavetas de Yaritza. Aquí hubo una inversión de papeles. Justo solo desencadenó la caída y Yaritza se rompió el cuello igual que Set.

Todos se quedaron pasmados. ¿Quién consumía esa serie? Tom apostaba por Gigi. Roberto solo consumía películas de vaqueros, mafia y porno; de los tres géneros había material abundante. Gigi, sin embargo solo veía series y por esa, en particular, sentía una especial fascinación. No solo Magda, cualquiera podía atestiguarlo. Comentaban entre ellas los pormenores de las series de manera habitual. Se llamaban para ponerse al día. Todas las cartas estaban sobre la mesa. Todos masticaban en silencio la información. Todas sus hipótesis iban cobrando forma de tesis. No parecía que Justo fuese el autor intelectual de aquellos acontecimientos. El Caso-Pinga quedaba en el aire. Era posible que Justo hubiera sido el autor del crimen, lo describió con todo lujo de detalles y tenía sus motivos, pero no había que descartar la posibilidad de encontrar la respuesta en algún otro capítulo.

–¿Y si fuera Gigi? –preguntó la Jefa.

–Si fuera Gigi –respondió Tom tomando aire–, si fuera Gigi sería de pinga el caso –el chiste le salió solo, quizá era el primero que le oían y eso tenía más gracia aún–. Perdona Jefa –se apresuró en disculparse–. Jamás podríamos probarlo.

Tom no dijo: –No puede ser –sino más insinuó a su manera: –Nadie nos va a creer.

–¿Y si Justo lo sabía? ¿Y si se inculpó en una especie de sacrificio?

Las preguntas quedaron en el aire. En ese momento llegó un aviso. Camacho no estaba. No habían tenido noticias de él en todo lo que llevaba de día. Todo el personal asumió, aunque no estaba claro, ni oscuro, que era Danger la que estaba al mando. Así que, una vez más, la American Patrol partió hacia Micro X, Alamar.

Regla, Reglita para todo el vecindario, fue hallada muerta por su madre. Venía a almorzar con ella y se la encontró acostada en su cama, desnuda como la trajo al mundo, con una zanahoria gorda en la mano. Salió gritando auxilio. La mismísima Magda la escuchó y avisó a la policía.

Un nuevo caso, quizá Caso-Zanahoria en la ontología de English, se sumaba a la lista:

Caso-2C2: Bobe
Caso-2B2: Axila
Caso-2A1: Marino
Caso-4A2: Santana
Caso-5B2: Yaritza
Caso-3C3: Regla

Durante el viaje, Danger llamó a Josefina por su celular. Camacho no estaba. Nadie sabía dónde estaba, ni si estaba bien, o mal, o regular, ni si se había ido del país o seguía en alguna parte de él.

–Has hecho bien –le dijo refiriéndose a lo de asumir el mando y tomar decisiones–. Ha pasado algo terrible, pero luego te cuento. No vayas a hacer ninguna tontería.

Danger entendió que Camacho había sido el receptor de ese "algo terrible" y, aunque nunca le había deseado mal a nadie, decidió acatar la orden con mesura. Esperaría sentada hasta ese "luego", en el que Josefina le contaría algo, sin hacer ninguna tontería.

Al llegar al edificio, una vez más, todo estaba acordonado. Parecía que la gente esperaba a que Chocolate ladrara un nuevo reggaetón pero no, estaban allí por Reglita, que, por desgracia, nada más podía decir o hacer. La curiosidad y el chisme no son lo mismo, pero pueden trabajar en equipo. Consiguieron abrirse paso hasta el apartamento sin tener que empujar demasiado o requerir de la fuerza policial bruta. Esta vez se trataba del apartamento derecha de la tercera planta del último bloque. Aún estaba allí, en el salón, su madre muy afectada, al borde de una lipotimia. Los tres echaron un vistazo. Después, Tom se marchó a investigar, English se dispuso a recopilar cualquier evidencia en la escena y Danger se acercó al cadáver con cuidado.

No había ningún indicio de violencia visible. En la zanahoria se podían apreciar rastros de flujo vaginal oscuro pero nada más.

–¿Está bien pelada? –preguntó English.

–¿Bien pelada? ¿Qué?

–La zanahoria –y English iba a decir «¿Qué va a ser?», pero vio que tenía la vulva rasurada del todo y lo dejó ahí. Danger la observó de cerca y pudo comprobar lo que quería decir English con su pregunta retórica. Iba a preguntarle: ¿Cómo lo sabes?, pero él se le adelantó: Voy a seguir con todo el protocolo pero, me cortó un... dedo, que esta chica ha muerto por embolia. Si tengo razón, esa chica se masturbó con esa zanahoria mal pelada y... alguna aspereza le atravesó la pared vaginal enviando una burbuja de aire hacia su corazón.

Danger siguió en silencio alternando su atención entre uno y otro. Apenas superaba los veinte años. Esto ya lo he visto, aclaró English, y no es ningún tipo de paramnesia. Te lo aseguro.

No preguntó: ¿cómo que lo has visto?, porque sabía a la perfección donde único podía haber sido: *1000 maneras de morir*, la serie de Gigi. Era imposible que fuese de otra manera. Aquel caso eximía a Justo de cualquier responsabilidad. Estaba detenido. Aquí no había culpables excepto la calentura y el poco cuidado de Regla. Habría que averiguar quién era esa chica y qué papel podía tener en todo este rosario de muertes de la cuál era, de momento, la última de la fila.

En plena faena vibró el celular de Danger en su bolsillo. Se quitó los guantes para ver quién era. La llamada provenía de su casa. «¡¿De mi casa?!».

–Perdona English, necesitó atender esta llamada. Ahora sigo.

Danger se apartó hasta el baño y descolgó con miedo.

–Dan... Soy Sofía –dijo una voz estrangulada del otro lado, que ya ella había reconocido.

–¿Te pasa algo?

–Ya ves... estoy en tu casa. Ven lo antes que puedas... por favor –le suplicó y colgó.

Danger no supo que hacer. Quizá era parte de ese algo terrible que Josefina quería mantener en calma. Se quedó allí helada, de piedra, paralizada, momificada. English se adelantó otra vez.

–Jefa, haz lo que tengas que hacer. Yo termino esto con Tom.

–Tengo que ir hasta mi casa. Ya sabes que está aquí al lado.

–Se donde está. Cuando terminemos vamos para allá.

–Ok. Ten tu celular cerca. Por si te necesito y cualquier cosa me llamas.

Danger bajó corriendo por las escaleras. De haber podido hubiera volado, pero no tenía alas. Algo grave había sucedido para que Sofía estuviese allí, en su casa. Ella tenía un juego de llaves para entrar y salir cuando quisiera. Nunca le pidió que las devolviera cuando ya no las necesitó más. De cierta manera, que ella no lo hiciera de manera voluntaria, dejaba alguna puerta abierta a la esperanza. Pero Sofía no había venido a tener sexo, ni a reconciliarse, ni a decirle lo linda que era. Todo lo que había olido era que estaba mal y que se había encerrado allí para protegerse. Llegó en menos de cinco minutos. Abrió la puerta y vio en medio de la sombra a la que parecía ser Sofía sentada, encogida en el sofá. Estaba irreconocible. Era un monstruo. Tenía la cara amoratada, hinchada, destrozada. Tenía un solo ojo. El otro estaba cerrado detrás de un bulto amorfo y prieto enorme que salía desde la nariz. Tenía los labios rotos. Le faltaba un diente. No se podía mover. Ni llorar. Todo lo que hacía provocaba dolor dentro y fuera de ella.

–¿Qué pasó? –preguntó Danger nerviosa frente a ella desde el suelo. Sofía lloraba. No se podía ver el llanto, pero sí unos pocos lagrimones que se abrían paso por aquel esperpento de rostro– ¿Quién fue cariño? ¿Qué pasó? –volvió a preguntar Danger desconsolada.

–Fue él –respondió–. Fue Camacho.

Danger se levantó como un misil. Sofía la agarró más como un símbolo que como una acción destinada a ser satisfecha.

–Quédate aquí conmigo –murmuró–. Cuídame.

Valentina llamó en medio del circo sin pan. Lázara no supo contarle muy bien lo que pasaba. Todo seguía bajo control. Fue Lenincito quien le puso al día.

–Regla se murió.

–¿Regla? ¿Qué Regla? Pásame con Lázara, anda... Lázara... Lázara...

–Dime.

–Dice Lenin que Regla se murió. ¿Quién es Regla?

–¡¿Regla se murió?! ¿No me digas? ¿De dónde tú sacaste eso Lenincito?... ¡Ay Dios mío! ¡Niña, Reglita es una vecina del otro bloque! Jovencisísima. ¡Ay Dios! ¡Oye, esto está en candela!

–¿Pero, sabes qué pasó?

–No niña, si me estoy enterando ahora por Lenin. Yo no se cómo este niño sabe esas cosas. Se entera de todo. ¡Qué inteligente e'!

Después de la extraña introducción hablaron. Lenincito seguía preguntando: ¿cuándo viene?

–Yo no le hago caso –le comentó Lázara–. Le hablo de otra cosa y ya está. Tú vas a ver que poco a poco él se va olvidando de todo eso. No hay que hacerle mucho caso –pero, en realidad, aunque no lo entendían, lo que preguntaba Lenin era cuándo venía Valentina y no su madre. Cuándo venía ella.

–Lo noté un poco ido.

–No mija, es la medicación –le explicó con suavidad–. No te preocupes que yo lo llevé a ver a un médico especialista, que es el marido de una amiga, y él le está regulando la dosis. No te preocupes. Está mucho mejor y ya duerme casi toda la noche. Yo le doy la pastillita después de comer y ya él va solo pa' su cama y se duerme. Lo único que, eso sí, me despierta a las cinco de la mañana todos los días, pero yo tampoco duermo mucho. No te preocupes. ¿Tú cómo estas?

Ella estaba mejor. Estaba mejor porque Lázara estaba ahí, cuidando de él. Lenin la respetaba. Lázara sabía manejarlo. Nunca se le imponía de frente pero se hacía lo que ella determinaba. Era la capitana del barco. Le hablaba con cariño, le sonreía y le hacía bromas. Lenin iba aceptando los cambios. Poco a poco, las cosas habían cambiado.

Todo estaba bien excepto la relación con Magda. Magda, la incapaz de comprometerse, quería jugar a ser jefa. Más bien quería humillarla, aplastarla, denigrarla. Un día le llamó negra bruta. Lázara se lo contó a Valentina como una anécdota, pero ella ya estaba cansada de anécdotas.

–Tú eres la que estás ahí al pie del cañón, al mando del barco. Tú eres la que decides Lázara y cualquier cosa que tú decidas tiene todo mi apoyo –fue su respuesta y Lázara sintió que otra vez volvía a ser persona. Aún no se lo podía creer, pero eso parecía. Alguien la trataba con cariño y respeto, dos cosas que, hasta hacía nada, le parecían ajenas e irreconciliables. Después de colgar, Valentina llamó a Magda.

Intentó ser amable pero había líneas que parecían borrosas y había que marcarlas. «Es preferible ponerse roja una vez que rosa mil veces». Magda podía querer a Lenincito todo lo que quisiera, pero no podía hacer lo que quisiera. Cualquier cosa que quisiera hacer con él tendría que contar con la aprobación de Lázara.

–¿Pedirle permiso a esa negra bruta? –ironizó con arrogancia y chulería Magda–. ¡No hija no! Tú estás confundida.

–Pues entonces olvídate de él –decidió Valentina con absoluta rotundidad.

Por supuesto, Magda se hizo la víctima. ¿Cómo pretendía que se rebajara de esa manera? Pero Valentina estaba harta de su comportamiento. En efecto, Lázara no tenía por qué rebajarse. Era la última vez que malgastaría el dinero en llamarla para agradecerle todo lo que hizo.

Después de unos minutos pensando qué hacer sin que se le ocurriera nada bueno, Danger llamó a English. Estaba bloqueada. Les ordenó que volvieran a la unidad sin ella.

–¿De verdad que no nos necesitas?

–De verdad. Mañana nos vemos.

Después llamó a Josefina. ¿Esto era lo terrible? Si. Era más que espantoso, abominable, atroz.

Cuando recuperó el conocimiento, Sofía pudo llamar a urgencias y dar la alerta. Camacho desapareció. Le atendieron con prioridad y luego la ingresaron para una revisión exhaustiva. Sofía se identificó y solicitó un examen, a cargo de un Médico Forense, con su correspondiente informe de sanidad de las lesiones. Quería que constase en su historia clínica. Lo había hecho muchas veces para otras mujeres maltratadas. Nunca pensó que lo necesitaría para ella, pero no lo dudó ni un segundo. Después identificó al agresor. Dio toda la información acerca de su identidad, más todos los datos que fueron pertinente; incluidos su teléfono, cargo, dirección, etc. Una colega le tomó declaración. Estuvo allí casi dos días hasta que le dieron el alta. La propia policía la custodió hasta su casa, donde pudo coger algunos objetos personales, y después hasta un lugar donde estuviera segura: la casa de Danger.

La denuncia, por otra parte, llegó hasta el Ministerio. A Camacho lo estaban esperando. Llegó a su despacho como si no pasara nada, pero tenía una investigación del Ministerio detrás de la puerta y una comisión, a la que habían invitado a Josefina, estudiando la denuncia. Lo convocaron a una reunión extraordinaria para aclarar el asunto. Él se defendió con cobardía. Es cierto que le pegó pero alegó que lo hizo en defensa propia y que la mayor parte de los daños se los auto provocó para inculparle. Le pegaba los tarros, fue la frase que usó y para colmo... con otra mujer, insistió. Tenía testigos. Todos los que quisieran. Era la comidilla en la oficina. Su honorabilidad estaba en entredicho. Le hicieron más preguntas pero no las suficientes, ni las correctas. Josefina dejó claro que no tenía ninguna información de que aquello estuviese sucediendo y que, en cualquier caso, pertenecía al ámbito privado. Pero Camacho se dedicó a descalificarla con algo de la mierda que dejaba a su paso y al resto de los compañeros del Partido le pareció más inmoral ese libertinaje homosexual en tan prestigiosa institución que una simple golpiza doméstica. Al final le ordenaron que se tomara un día de descanso y que, a continuación, se reincorporara a su puesto hasta nueva orden. Eso fue todo. Alto y claro.

Mientras que Danger asistía a su amiga, a su ex amante, el hijo de puta de su mierda de jefe, en palabras suyas, se tomaba el día de descanso. ¿Para que se le aliviara la inflamación del puño? Mientras que Sofía apenas podía abrir un solo ojo aquel cabrón, puesto allí a dedo por alguna vaca sagrada misteriosa del Ministerio, casi la mata. Si no fuera porque la debilidad que tenía por Sofía la agarraba con mucha más fuera que su furia, Danger habría cogido un almendrón, la moto se había quedado en la oficina, y habría ido a matarle sin miramientos. Josefina le ordenó que, por favor, no hiciera nada, que eso no se iba a quedar así, que ese cabrón, fue el término que utilizó para referirse a él, tendría su merecido. Le ordenó que no la cagara, que cuidara de Sofía lo mejor que pudiera.

Después del mal rato, Danger se dio un agua y se vistió para cocinar con una camiseta ajustada. Sofía pudo ver con asombro cuánto peso había perdido y cuanto había cambiado. Pudo ver cuánto y cómo roía el dolor. Preparó cena para las dos: un poco de arroz con pescado muy blandito y tomate, pero ninguna de las dos comió. Sofía solo pudo absorber un poco de jugo de mango por una pajita. Danger seguía con su manía de comerse los pelos. Después vomitó. Sofía pudo oír los rugidos desde el salón; lo cierto es que no tenía nada que vomitar. Tuvo que tomar jugo para no desmayarse.

Sofía quiso olvidarla, borrarla de su vida. Pero borrar una vida no es tan fácil como borrar con una goma un trozo de canción escrito a lápiz. Ahora se sentía culpable. Ella luchaba contra sus demonios. La quería. Nunca quiso a nadie tanto como a ella. Pero aquella relación era imposible. El amor prohibido solo conseguiría hacerles daño. Hundirles la cabeza en un cubo de agua sucia hasta ahogarlas o provocarles una septicemia. Sin embargo, ha sido su marido, y no lo imposible, el que ha estado a punto de matarla y no de manera metafórica, sino de manera literal. En Machilandia no vale la pena que borres y olvides. No hay goma de borrar. Hay cuchillas para afilar la punta del lápiz y calcar encima para que nunca se borre. Su único delito fue amar a aquella mujer por la que no pudo dejar nada. Danger sí estaba dispuesta. Danger apuesta fuerte. La gente le importa una mierda. No le da de comer. Ni le hace feliz. Ella habla con muertos. Entiende sus secretos. Los vivos solo son presuntos culpables hasta que se demuestre lo contrario.

Allí estaban las dos, sin mencionar ni una sola palabra del pasado, otra vez juntas, compartiendo la soledad y la inmensidad de la noche donde nadie pudiera verlas. Una soledad más triste que la que todos conocen: la soledad que se siente rodeada de gente feliz por todas partes.

Sofía rogó a Danger que no asumiera la justicia por su cuenta. Camacho pagaría con creces lo que hizo. Josefina le obligó a jurarlo. Tom fue a recogerla a primera hora y la llevó a la oficina. No para darle botella, sino para evitar que la fiera hiciera la matanza del cerdo delante de todos. English estaba esperándolos casi en el puerta. Todo pretendía ser casual, natural, pero en cada detalle se podía leer un protocolo de seguridad detallado a la perfección. Era una coreografía orquestada milímetro a milímetro para protegerla. Camacho sería expulsado, a su debido tiempo, y ella volvería a tomar las riendas de la oficina. Eso era lo que todos allí, sin excepción, esperaban y deseaban. Pero Camacho, el necio puesto a dedo por alguien del Ministerio, tenía otros planes. Era como si la prórroga le hubiera fortalecido. Él seguía al mando. Y no le temblaría el pulso. Ya lo había dejado claro para el que quisiera leerlo.

Pese a todos los pronósticos, Camacho, a primera hora, justo antes de que comenzara el *brainstorming* de la American Patrol, llamó a Danger a su oficina. Encima de su mesa tenía una sanción disciplinaria de empleo y sueldo por ausentismo, desacato, obstrucción de la justicia y algunas otras imbecilidades más, que ni él mismo era capaz de defender.

–¿En serio? ¿En serio que piensas botarme de aquí? ¿Así? –preguntó Danger de manera retórica. A estas alturas no había duda. Camacho tenía ante sí a la ex-amante de su mujer, a la no-amante culpable de sus burlas, a la mejor investigadora de toda la unidad. Camacho tenía ante sí a su enemiga y la quería lejos, bien lejos. Pero Danger no pensaba lo mismo. A ella le pareció mala idea. Había una forma más simple–. Sabes que te digo... Te lo voy a poner más fácil. Mucho más fácil. Voy a renunciar.

Camacho pareció no entender la jugada. Esperaba a una mujer, cagada de miedo, humillándose ante su poder. No supo reaccionar.

–Muy bien, como quieras.

–¿Como quiera? ¿Así que como quiero...? Atiendan todos, por favor –dijo Danger abriendo la puerta de la oficina; asegurándose de ser escuchada–. Atención. Pido la baja. Renuncio. ¿Queda claro? –todos se acercaron a la oficina del director mientras Danger dejaba su arma reglamentaria encima de una mesa. Tom y English corrieron. Danger no les dio tiempo–. Y ahora que soy una simple ciudadana de a pie le voy a romper el culo a este pedazo de cerdo cobarde que por poco mata a Sofía de una paliza.

Dicho y hecho. Entre el asombro de los que aún no se habían enterado y ante la sorpresa de su extrema agilidad, Danger trepó como un lince a su mesa y le pegó tal patada en la cara que le desprendió varios dientes. El cerdo cayó al suelo. Intentó coger el arma, pero ella saltó sobre sus costillas. Todos escucharon el crujido. Quizá fracturo dos o tres o más de las que él rompió a Sofía. Camacho perdió el conocimiento, su camisa empezó a empaparse. Danger paró. Se detuvo ella sola antes de que nadie más resultara perjudicado. Paró y se fue. A dos pasos de su despacho se desplomó en el suelo.

Cuando Tom tenía el carro listo para llevarla a urgencias, ya Danger había recuperado la conciencia. Tenía un dolor abdominal espantoso, y muchas náuseas. Ya sabía lo que era ese dolor pero le había restado importancia. Lo atribuía más a sus excesos que a otra cosa. La subieron al asiento de atrás entre los dos. Dejaron las ventanillas abiertas. English se sentó a su lado. Tom pegó una lámpara azul estroboscópica imantada en el techo y salió como un rayo, pisando el acelerador hasta el fondo y chillando ruedas. Se saltó más de un semáforo. Se metió contrario algún tramo en plena hora punta. Hizo maniobras bruscas y peligrosas. En realidad no sabía si todo dependía de un segundo más, o de uno menos, pero con esa conducción temeraria podía, al menos, descargar adrenalina y aliviar la tensión que ya dolía en la base del cuello y en las mandíbulas.

Estaban avisados. Al llegar, una doctora muy joven les esperaba lista para hacerle una exploración. Distensión abdominal con molestias y dolor a la palpación en epigastrio, dijo para sí. Las constantes vitales eran normales. Ordenó una analítica y una radiografía simple de abdomen y desapareció. Así funcionan los hospitales. Al llegar, el paciente no tiene ni idea de lo que tiene. Está desesperado. Desea que un médico le vea, le observe, le diga algo. Ruega porque le diga lo que quiere oír: que no está tan mal, que se curará pronto.

Pero el médico no dice nada. Desaparece sin más. Quizá no tiene explicación en ese momento pero ¿se va porque está haciendo mil cosas a la vez, para buscar explicaciones o para no tener que dar explicaciones que sí tiene? El paciente queda en observación, a la espera de noticias del médico, hasta que éste por fin llega y trae noticias.

A English y Tom les tocó esperar, además, más de media hora por problemas técnicos. La Patrol se identificó; aunque ya sabían de sobra quienes eran. Habían sido movilizados con anterioridad por teléfono y debían atenderle con prioridad. Aun así tuvieron tiempo incluso de hacer alguna broma. Danger no quiso que avisaran a nadie hasta saber algo; es decir, hasta que viera al médico.

La doctora llegó con la radiografía en la mano arrastrando los pies, miró a English y a Tom, entendió que los acompañantes no estaban dispuestos a salirse afuera y, como era un caso especial, declaró para todos:

—Se observa una masa bien delimitada en el interior de la cámara gástrica, la cual está distendida y... —dijo girando y trasladando la placa delante de la luz una y otra vez para buscar la mejor explicación— también se observan manchas radiotransparentes en el interior de la masa sólida. Vamos a hacerle una ecografía y también un TAC abdominal.

Eso implicaba, con seguridad, pasar allí otro buen rato y quizá, algo de peligro. La primera prueba no había resultado suficiente. Estaba claro. Si ordena más pruebas es porque ha visto algo que no ha dicho o no ha visto lo que esperaba ver. Le hicieron ambas pruebas casi de inmediato; pero les tocó esperar hasta la desesperación para escuchar el veredicto. La ecografía permitió detectar una masa en el estómago cuya expresión por ultrasonidos era un arco hiperecogénico con refuerzo posterior. El TAC mostró una masa en el interior de la cámara gástrica con baja densidad y un patrón moteado de burbujas de aire en su intersticio. La masa medía alrededor de 19 cm y abarcaba casi la totalidad del estómago, aunque sin atravesar el píloro. En el resto de asas abdominales no se observaban otras masas, ni signos de obstrucción intestinal.

–Hay que operar –ordenó la doctora a su equipo–. Llamar a quirófano y preparar el equipo.

La noticia parecía más mala que buena, pero a veces las cosas no son lo que parecen. Si hubiera sido algo rutinario, como un quiste o una hernia, con seguridad lo hubiera explicado. La frase "hay que operar", dicha así, descontextualizada, sonaba a "he visto algo feo". Pero ellos eran unos profesionales de la muerte. Le verían la cara si se descubría. Tom estaba listo. English no, English estaba temblando. Un enfermero vino a llevarse a Danger:

–Tenemos que hacerte una pequeña intervención quirúrgica cariño –le explicó con amabilidad la doctora–. No es nada. No te preocupes –Danger exigió una explicación. En definitiva ella también es doctora.

–Parece que estamos ante un tricobezoar intragástrico único. No hay obstrucción de asas intestinales –explicó. Tom y English la dejaron ir. Danger se durmió pensando en Sofía.

Tenían tiempo suficiente para hablar, pero aquel no era el lugar oportuno. Tom llamó a Josefina. Era una vieja costumbre. La Súper-Jefa prejubilada puso el grito en el cielo. Eran muy malas noticias. Parece que el mundo se va a acabar, pero bicho malo nunca muere. Danger superaría la operación. La extirpación quirúrgica del bezoar se podía considerar casi como algo rutinario, de bajo riesgo. El problema era la situación del cuerpo de Danger, el estadio de la "enfermedad". Eso quizá no lo sabía ni la doctora. Los destrozos administrativos, sin embargo, si que parecían irreparables. Sanción o expulsión para Danger era lo menos grave que podía pasar.

El atenuante de su baja voluntaria nadie lo iba a dejar pasar. No había sido aprobada más que de palabras y de eso la burocracia no entiende. La maquinaria solo conoce de informes y de papeles. Incluso le podría costar la cárcel, según los daños que hubiera podido ocasionarle.

A Camacho le fracturó cinco costillas provocándole una neumotórax. Las costillas perforaron la pleura y dañaron los pulmones. Un pulmón perforado es sinónimo de colapso del pulmón. Es grave. Camacho apenas podía respirar. Llegó al hospital, por fortuna lo llevaron a otro hospital, empapado en sudor, pálido y tosiendo sangre. Tuvo que pasar por quirófano. Le quedaba por delante un amplio período de recuperación.

Josefina volvió a ser la jefa en funciones. Ese mismo día, después de recibir ambos partes, tuvo que presentarse en el Ministerio y, en nombre del honor que se le atribuía en tantos largos años de servicio, poner orden. Era la decisión más lógica; en definitiva, la Súper-Jefa fue prejubilada para colocar a Camacho. Era la opción menos traumática. No tenía mayores amigos y enemigos reconocidos. Era la más elección más aséptica.

Danger debía dormir esa noche en el hospital. Era la rutina. Sin embargo Sofía necesitaba atención. Al final Josefina arregló todo para que Tom trajera a Sofía como acompañante y durmiera en la cama de al lado. Ella se quedaría esa noche. English y Tom quisieron sustituirla, pero Josefina se negó en redondo. Nos vamos a tener que ir turnando, dijo. Y así fue. Salieron de allí siete días después.

Camacho tuvo peor suerte. Sufrió un paro cardíaco. No le preguntaron porque no le interesaba a nadie, pero quizá se asomó a ese túnel de luz donde no hay luz. Salió de allí casi un mes después.

Justo esa primera noche, cuando English y Tom se marchaban English soltó lo que llevaba machacándole todo el tiempo que duró la operación de Danger:

—Eso también lo he visto —murmuró.

—¿Has visto qué?

—Lo del bezoar.

—¡No jodas!

—Por eso tenía miedo. En la serie la chica muere de eso. Menos mal que Danger ha ganado la pelea pero ¿por qué se la tenía jurada?

—Eso es algo en lo que estoy trabajando. Sabemos qué relación tenía Justo con todos los occisos, pero no Gigi. Oye, un día un tipo que se me sentó al lado en un camello me dijo: ¿Tú sabes lo bueno que tiene Cuba? Que no hay armas. Si no la gente se mataría. Me lo dijo porque el chofer había parado cien metros después de la parada y, justo cuando llegaba uno corriendo para subirse, le cerró la puerta. Si hubiera tenido un arma en ese momento, ese tipo lo habría matado. Seguro.

—¿Y a qué viene eso?

—De Gigi sabemos muy poco. Pero no puedo dejar de preguntarme qué pasaría si hubiera tenido armas.

–Dime. Dime.

–¿Lázara?

–Dime.

–Lázara... Lázara...

–Si, soy yo.

–Lázara, soy Valentina, la hermana de Lenincito.

–Ay niña –se sorprendió Lázara riéndose y la risa provocó mucha ternura en Valentina. Era un buen síntoma. Todo estaba bien–. No te oía bien. ¿Qué tal estás? –preguntó subiendo el tono como si las llamadas de larga distancia requirieran más decibelios de voz.

–Bien, acabo de regresar de una pequeña gira por España, Italia y Francia. Acabo de llegar. Quería saber qué tal estaban.

–Estamos bien... ¡Lenincitooooo! Ven, ponte, que es tu hermana. Mira, te lo paso para que hables con él.

Valentina escuchó a Lenin del otro lado. ¿Cuándo viene?, le oyó decir. No estaba segura de entenderlo con claridad pero prefirió pensar que la pregunta iba dirigida a ella.

–Pronto, Lenincito, pronto.

–¿Pronto? Oye, el televisor...

–¿Qué le pasa al televisor?

–La antena se rompió.

–No te preocupes que la mandamos a arreglar.

–Yo arreglo.

–No. No hace falta. La arregla el técnico. No te preocupes.

Hablaron otro poco más. Cuando le daba unos besos de despedida pudo oír con claridad como suplicaba: ven pronto, y ella se lo prometió. Iría lo antes que pudiera, quizá antes de que pasaran tres meses más. Iría siempre. Ahora se tenían uno al otro. Todo iba pasando. A pesar de la lengua de trapo que produce la medicación podía notarlo. Era ella la que debía volver.

Se lo comentó a Lázara y ella se lo confirmó: Ha sido muy difícil niña, pero ya lo está superando. Esta bien y gordo. Hablaron de muchas cosas. Todo se había normalizado. En casi tres mes no se había muerto nadie más en el edificio. Al principio todo fue tremendo. Metieron presa a mucha gente. Se traficaba droga y pornografía. Había una red clandestina organizada por un policía en activo; consumía Internet a través de un repetidor de una antena del Edificio Focsa. Ahora el barrio estaba más que tranquilo. También había una red que movía pornografía infantil de producción nacional. ¡Cayó malanga! Fue la expresión que uso Lázara para definirlo lo más claro posible. Nadie había sospechado, ni tan siquiera imaginado, que eso podía pasar allí mientras el reggaetón ponía la banda sonora. Ahora todo estaba tranquilo.

–¡Ay qué rico mija!, que puedas viajar. ¿Tú sabes que cuando tuve la oportunidad de salir no quise? –No. Valentina no lo sabía, pero la confesión la cogió por sorpresa.

–¿Por qué?

–Ay, no sé. A mi me gusta vivir aquí.

–Pero viajar no es quedarse. Acabo de regresar a Lisboa. No me he quedado.

–Ya, pero tú sabes como es esto aquí. Si viajas es para quedarte.

Valentina no dijo nada más. Era difícil explicarlo con la seguridad de ser bien entendida. Al Estado le fascina tener emigrados. Es una forma de control y de negocio. La habilitación ni es un derecho, ni es gratis. Para Lázara viajar es malo porque aquello, el patio, es lo bueno. Eso se ha repetido hasta la saciedad y es fácil creerlo cuando no existe acceso a ningún otro tipo de información. Es lo que han inyectado en sangre desde que el pionero saluda la bandera y canta el himno todos los días hasta que el veterano se jubila. Toda tu vida solo tienes la opción de ser revolucionario 24 horas; al menos de aparentarlo. El deber de un revolucionario no es viajar, mucho menos a un país capitalista. El deber de un revolucionario es inmolarse, sacrificarse, para construir ese proyecto de futuro que, a la postre, resultó ser la destrucción de todo el presente. Viajar es malo, es burgués, es gusano. Tiene demasiado riesgo. Te puedes quedar. Te pueden oír. Un buen revolucionario es un rehén voluntario. Valentina había sido testigo de la transformación de una orquesta sinfónica en un cuarteto de cuerdas. Valentina no podía, sin más, hablarle desde el más allá. Ella estaba en tierra hostil, aunque Lázara no supiera muy bien dónde estaba Portugal y qué cosa era Lisboa. Quería decirle: Viajar es todo lo contrario. Es bueno. Puedes conocer cómo es el resto del mundo donde no vives. Puedes elegir con libertad dónde quieres vivir. Puedes sopesar qué tienes y qué te falta. Puedes saber dónde estás. Pero al final prefirió despedirse.

–Bueno Lázara, cuídense mucho. Recuerda que tú eres la capitana del barco, que te apoyo en todo. No lo cebes, ni lo malcríes tanto, que luego se acostumbra y no hay quien lo aguante. Yo iré lo antes que puedas –y estuvo a punto de decir "Después de todo, mañana será otro día", pero no quería poner melodramática–. Un beso bien grande a los dos.

Josefina aceptó la baja voluntaria de Danger. Con el dolor de su alma la firmó. A estas alturas no le importaba reconocerlo. Era lo menos malo. Lo que menos delitos podía sumarle. No solo eso. El bezoar puede estar asociado a una patología psiquiátrica y el hospital recomendó, en un informe, la asistencia a consultas externas de cirugía general y de psicología. En definitiva, que Danger estuviera "loca", a efectos legales, le podía salvar de muchas penurias; con el agravante que tendría que dedicarse a otra cosa. Era un daño colateral.

Camacho fue retirado del cargo administrativo y político en el que lo habían colocado. Lo apartaron pero no lo enterraron del todo. En Cuba los jefes cumplen una ley antinatural de conservación: no se crean ni se destruyen, se trasladan. Al incómodo tronado le ofrecieron una solución salomónica: la dirección de la División de Investigación Criminal y de Operaciones (DIVICO) de Matanzas. Ciudad Habana cuenta con más de cinco, pero a él lo querían un poco más lejos. A unos cien kilómetros como mínimo. Ya no podría seguir en Medicina Legal, el órgano del Ministerio del Interior autorizado para realizar peritajes médicos pero, a cambio, debía divorciarse. Si quería seguir siendo jefe debía limpiar su expediente moral y olvidarse de ella. Algo que aceptó sin que le supusiera el más mínimo problema.

Desmilitarizada, Danger quedaba libre para rehacer su vida. Sofía también pidió la baja de manera voluntaria y, ya divorciada, decidió dar por fin el gran paso: salir del *closet*. Al menos todo este mal tiempo que habían soportado separadas sirvió para juntarlas. Se necesitaban, y tanto, y se lo pasaban bien. A Sofía le costaba aceptarse así, pero no le quedaba otra. Ella era así y ya había sufrido lo suficiente para repetirlo. Danger tenía mil defectos. ¿Quién no? Pero era la persona que mejor le entendía, le satisfacía y a la que podía verle la cara sin lavar a primera hora del día y oler su aliento antes del primer café. Amar no puede ser un defecto.

Pasó un largo mes después de aquello y la furia se aplacó. Ya no hubo más muertes. Sin embargo, la American Patrol no podía dejarlo así, con final ruso. конец. Tom y English tenían una nueva compañera: una tal Mayra, tan diferente a Danger como lo es el día de la noche o el verano del invierno. Ahora Tom era el jefe y Mayra no dejaba de ser una becaria que, por mucho que se esforzaba, veía cada vez más lejos caerle bien a los dos. Tenían un largo y difícil problema que resolver.

Tom había atado todos los cabos sueltos. Ya no había *brainstorming* a puertas cerrada. Su estilo era otro. Pero ellos debían hacer ese último; se lo debían, era el final "oficial" de la American Patrol. No era para cambiar nada. No era posible. Justo dependía del jurado que le tocara y de cómo lo defendiera su abogado de oficio. No había más sospechosos pero sí muchas sospechas. Ellos se debían, por lo menos, poner todas las cartas sobre la mesa y jugar la última partida. Por lo menos acabar, como se debe, la última reunión interrumpida por Regla.

Se citaron en la oficina. Danger tendría que pedir autorización en la puerta pero la tendría. Josefina se la daría. Le pondrían un solapín que la identificara aunque todos sabían de sobra quien era. Debía entrar y sentarse en su silla, la que ahora ocupa Tom. Debían poner el cartel. NO MOLESTAR. Debían cerrar como es debido lo que empezó siendo el Caso-Pinga.

En la última reunión, Tom no tuvo tiempo de justificar su frase: Si fuera Gigi, jamás podríamos probarlo; el Caso-Zanahoria le interrumpió y desde entonces no habían vuelto a reunirse. No podían probarlo pero, quizá, sí podrían explicarlo; porque no había ninguna explicación, no la tenían. Solo tenían seis accidentes apenas interrelacionados por el brete del barrio. Solo seis casos con cierta analogía a una serie de televisión que recrea muertes inusuales basadas en hechos reales y leyendas urbanas narradas con humor negro y aderezada con entrevistas a expertos que explican las muertes de las personas en cada episodio. *1000 maneras de morir*, según English, era sugerente. Sugería la posibilidad, creíble y contrastable por autoridades forenses, de una serie de acontecimientos criminales que, con un poco de ingeniería inversa, con un poco de mundo al revés, podían sugerir cómo matar. Tenían seis recetas. Faltaba seis móviles. Así que Tom empezó con un: Disculpen la cháchara inicial pero es solo para aclarar a donde quiero llegar y, después de una breve pausa teatral, continuó con un: les ruego paciencia, y empezó a leer de sus apuntes.

–Un móvil, en derecho penal, como bien saben, solo es la razón que induce a alguien a cierta acción. Un "móvil" no implica un "elemento criminal", pero el sistema legal admite, de manera habitual, que se pruebe la existencia de un móvil.

»Lo hace para esclarecer las razones que hacen plausible que un acusado haya cometido un crimen; al menos cuando tal móvil pudiera ser oscuro o difícil de identificar con él. Este es justo uno de esos casos.

»Por otra parte no se requiere establecer un móvil para alzar un veredicto de culpa. El móvil explica la inducción al delito, no la intención. En teoría, "móvil" e "intención criminal" no es lo mismo. La "intención criminal" en derecho penal es sinónimo de "mente culpable" (*mens rea*), lo que implica que el estado mental muestra responsabilidad, algo que la ley sí establece como "elemento criminal". Con el término "móvil" solo se describen las razones de fondo y estado en vida del acusado que se suponen haberle inducido al crimen. Se podría decir que el móvil es necesario, pero no suficiente (se puede matar por matar), pero el *mens rea* es suficiente pero no necesario. El *mens rea* es el motor que no se ve y que permite al sistema judicial penal diferenciar entre alguien que no tenía la intención de cometer un delito y lo hizo y alguien que se dispuso a cometerlo con intencionalidad y también lo hizo. Hasta aquí la intro.

»Dicho esto, Gigi no pudo cometer ningún delito, estaba muerta y los muertos no matan, pero la existencia de un móvil al menos explicaría algo; algo así como la razón que indujo a alguien a cierta acción. Otra cosa es quién comete la acción o las acciones, quién es ese alguien. Pero algo es algo.

»Justo solo tenía un móvil convincente, aunque solo fuese lógico, sin sustancia: el Caso-2C2, Roberto. Las declaraciones dan cierta credibilidad a la no-coartada que presentó; es curioso, en defensa, no de su inocencia, sino de su culpabilidad. La película del veneno era comprable, coherente y la de todo ese rollo sentimental también. El ex-amante despechado, que creía satisfacer a Gigi, mientras Bobe cumplía con su deber revolucionario de vigilar la noche. El víctima que sufriría los desaires de Gigi como si fueran unas hemorroides, en silencio. El testigo del maltrato del tarrudo de Bofe. El guajiro que sabía de palo y de monte y de venenos. El borracho infiltrado, el judas del alcoholifán. El depredador que observa a su presa para conocer sus debilidades. El vengador cuando Gigi falleció abandonada por Bofe; llena de mierda, meadas y garrapatas. El asesino del crimen perfecto. Él, Justo Manuel Gómez, el revolucionario intachable, no quería piedad, quería justicia. Él podía ser, sin lugar a dudas, el autor del primer caso misterioso de "justicia divina". Él, ¿o quizá su mano? ¿Autor intelectual o simple ejecutor? Las pruebas no pueden responder la pregunta del todo. Ningún examen psicológico o científico podía ofrecer un dictamen concluyente. Nos queda a nosotros decidir, escoger. Gigi lo usó una vez, podría, si poder fuese una posibilidad, por remota que fuera, usarlo una segunda vez. English no pudo identificar el suceso con ningún episodio.

»¿Cuál era la relación de Gigi con Yaritza? Yaritza murió en circunstancias similares a las del episodio #268 *orspasmo*. Se desnucó por una escalera. Yaritza nunca le cayó bien. Para Gigi, Yaritza no solo era mucho más joven que ella, sino también mucho más puta, perdonen la expresión, y mucho más deseada. Yaritza infectó a medio vecindario de SIDA. Yaritza era una asesina blanda. Incluso Gigi tuvo sífilis de la que solo podía culpar a Bofe primero y a Justo después. Cada uno culpó al otro para defenderse. Bofe se fue sin despedirse para la casa de un hermano. No era la primera vez que lo hacía, ni sería la última. Pero unos meses después volvió y Gigi lo dejó entrar. Estaba demasiado sola y era más que culpable como para jugar a estar sola. Había que cargar agua. Había que arrear con Lenin. Prefirió olvidar ese asunto; pero para ella olvidar no era cuestión de olvidarse; era solo de dejarlo por ahí guardado donde, por el momento, no molestara. Yaritza nunca fue a tirarse las cartas. Le tenía terror a Gigi.

Pero el Arcano XIII del Tarot se repartía en cada hombre que se adentró entre sus piernas. Yaritza era destrucción, candela. No se trataba solo de Gigi, sino de muchos de sus ahijados, que venían a recibir su bendición y a los que ella debía proteger desde que asumió la responsabilidad de ser su guía espiritual. ¿Es eso un móvil? Quizá. Para la ley no. Para la Regla de Osha sí. Las reglas del código penal no son las mismas que las reglas de Osha-Ifa. El sistema de justicia penal y el sistema de justicia divina no ventilan con los mismos presupuestos la resolución de los conflictos generados por la criminalidad.

»Axila, la del caso análogo a lo sucedido en el episodio caso #323 *por vomitona*, era una especie de Yaritza mucho más cochina, pero mucho más higiénica. Axila y Gigi vivían puerta con puerta. Era la vecina del afectado, la del apartamento que, al estar en el medio, no tiene balcón. De eso me enteré con el caso. Axila y Bobe habían tenido lo suyo. Axila vivía sola, pero nunca estaba sola. Su problema de hemetofilia espantaba a los hombres. Los que aguantaban la primera impresión la montaban por detrás, bien sujeta, para evitar que les provocara la ducha romana. Tengo varias declaraciones parecidas. Gigi misma le regaló o vendió los perritos. De cierta manera le facilitó el arma del crimen. Es una teoría plausible aunque poco defendible de manera científica.

»Los casos de Marino (episodio #237 *atravesado*) y Salvador (episodio #147 *plataforma mortal*) son quizá los más simples de explicar. Marino era un pedófilo. La policía incautó gran cantidad de archivos de pornografía infantil durante el registro de su domicilio. Roberto compró parte de ese material; en su mayoría fotografías de impúberes desnudas y material pornográfico de menores y adultos. Gigi vio uno de esos discos. No se puso los espejuelos y lo confundió con otro. Se quedó pasmada con todo lo que vio. Ese día por poco lo mata.

Le gritó de todo. Todas las orejas del vecindario la escucharon; tengo por lo menos diez confirmaciones. Él se defendió con un posible error: Marino. Se había confundido. Él solo quería comprarle una película a Lenincito. Gigi botó la película y no se habló más del tema. Sin embargo, varios días después, echándole las cartas a una de sus ahijadas reconoció en su cara a una de esas niñas. Hizo trampa, quería alertarle. Le dijo que eran las cartas las que hablaban y le decían que su hija estaba sufriendo de algún tipo de abuso sexual. La mujer quedó desconsolada. Pocos días después la niña se ahorcó del balcón con la cuerda de *nylon* de tender la ropa. El violador era su propio padre. Marino no merecía vivir después de aquello. Estaba condenado. No existen pruebas fidedignas o claras de que San Sebastián fuera homosexual pero Marino murió atravesado como San Sebastián, el Santo patrono de la comunidad homosexual.

»Salvador era algo así como el mismo perro con diferente collar. No era un pederasta. Vendía pornografía: porno blando, duro, *gokkun, bukkake, milf, gang bang,* alternativo, *bondage, creampie,* y también de lo más cochino: porno donde se utilizan vegetales como juguetes sexuales, porno menstrual, porno con animales y pescados. Quizá le suministraban el material desde Miami. Aún no se sabe. Tenía éste negocio en exclusiva. Su mercancía era una especie de paquete XXX-X que costaba casi veinte veces lo que el paquete habitual y solo podía ser adquirido si pertenecías a una especie de club. Pero éste negocio selecto no dejó los beneficios que esperaba; así que mantuvo su otro negocio, el de toda la vida, la venta de cocaína. Salvador era otra especie de club selecto. Como decía Martí, en boca del actor Sergio Corrieri, "En silencio ha tenido que ser, y como indirectamente, porque hay cosas que para lograrlas han de andar ocultas, y de proclamarse en lo que son, levantarían dificultades demasiado recias para alcanzar sobre ellas el fin". Ese era su lema.

Sin embargo, uno de sus socios selectos, amigo de Bobe y ahijado de Gigi, no tomó las precauciones necesarias y el resultado fue nefasto. Hijo de matrimonio separado, fue a visitar a su padre y robó la droga. La vio en una gaveta de la cómoda, donde mismo dejaba los cigarros, solo tuvo que cogerla y llevársela. Al día siguiente recibió la llamada de su madre anunciando la fatalidad. Su hijo fallecía de muerte súbita: una parada cardiaca repentina e inesperada en una persona sana en apariencia. El informe forense era corto y directo. Nadie sabía que padecía de una pequeña cardiopatía vascular. Su hijo hasta entonces era un niño normal por completo. No hubo estudio toxicológico e histopatológico. No hubo mayor cuidado que el que tuvo el padre. Pero al no ver la cocaína y atar los cabos se sintió culpable. Como saben, la muerte súbita en personas de menos de 35 años de edad es poco frecuente. Ocurre, la mayoría de los casos, por un defecto cardíaco oculto o por anomalías del corazón pasadas por alto. Se da con frecuencia al realizar actividad física, por ejemplo, al participar en un evento deportivo. Por eso nadie le dio mayor importancia. Pero la cocaína aumenta la frecuencia cardíaca, la presión arterial, la contractilidad del ventrículo izquierdo del corazón y la demanda miocárdica de oxígeno. Además, disminuye el flujo sanguíneo coronario, se relaciona con la formación de trombos y las arritmias cardiacas, puede aumentar la irritabilidad ventricular y bajar el umbral de fibrilación, entre otros efectos. Los médicos no podían explicar el aumento del riesgo de muerte súbita en un consumidor debido a los efectos de la cocaína en el sistema cardiovascular. Era algo raro para ellos. El ahijado vivió con eso poco tiempo. Se lo contó a Gigi, su madrina. Le contó su pesadilla. Ella lo tranquilizó, no pudo ser eso. Y no solo se quedó con el dato, sino que se lo confió a Magda. Santana era la mano oculta detrás del crimen.

Magda quiso denunciarlo, pero Gigi no le dejó. Ella quería mucho a ese muchachito, lo conocía desde que nació, según palabras de Magda y de Mireya, la de los bajos, la perrera. A Santana también le mató la cocaína, pero él era culpable. Para colmo con la ayuda del dije robado a Valentina. Parecía un buen móvil, al menos razonable. Eso de tomar su propia medicina suena a lo que la gente considera justicia divina.

Tom habló sin parar. Nadie le interrumpió. Le miraban a veces sorprendidos, a veces orgullosos, siempre estupefactos. En efecto cada razonamiento hallaba eco en la investigación de English y las pruebas de Danger. Tom habló por más de media hora o tres cuartos. Luego se detuvo. Ahora vienen los dos casos que faltan, anunció; aunque en realidad parecía que solo faltaba el Caso-3C3. English y Danger se mantuvieron expectantes.

–El caso de esta es chica, Regla Robaina, es mucho más simple de lo que parece. Aquí seguimos otra técnica de investigación. Verificar la duda razonable de English al identificar el caso con el episodio #6 *vibranator*. En este capítulo una chica muy sexi, a la que le encanta el sexo (pensarlo y hacerlo), entra a un supermercado, ve a un dependiente fuertecito colocando unos pepinos y se pone a cien. No puede hacerlo con él, pese a que lo intenta sonsacar, así que llega a su casa muy caliente. Está sola, tiene que masturbarse y qué mejor que con aquellos potenciales consoladores orgánicos. No voy a entrar en detalles pero no peló bien la zanahoria y un borde áspero atravesó su pared vaginal, envió una burbuja de aire hacia su corazón, lo que le provocó una embolia. Como se pudo comprobar en la necropsia, parte de su pared vaginal se desgarró; de alguna forma entró aire en las arterias durante la masturbación y el aire subió al corazón provocándole la muerte. ¿Qué relación puede tener esto con Gigi? Una vez más la religión. Regla se acostó con Cristóbal, otro de sus ahijados.

Cristóbal estaba ultimando los preparativos para irse del país. Gigi lo sabía, en ella confiaba, era su madrina, pero en nadie más. Sin embargo, en un arranque de romanticismo, se lo contó a Regla. Cuando llegó a la costa no lo esperaban sus compañeros de viaje, sino la patrulla guardafrontera. Todavía está preso, con todo lo que eso supone. Gigi se lo echó en cara a Regla. Le dijo que era una puta malagradecida y traidora. Magda estaba presente. Ella solo se defendió diciendo que sí, que era puta, pero revolucionaria, no traidora. Resulta que Cristóbal tampoco era un ahijado cualquiera. Era uno de esos chicos que había visto crecer y que decía querer casi como a los suyos. ¿Podría ser un móvil, no? En efecto, solo de manera hipotética, aunque con sobredosis.

El razonamiento de Tom era, al menos, coherente. Tom repitió una y otra vez que, de manera asombrosa, contaba con múltiples declaraciones idénticas y que, a sabiendas que se podía producir un efecto viral, algo así como una locura nacional por propagar el chisme, había intentado cotejar opiniones de primera generación y no de otro tipo. Era lo más estrambótico que habían vivido jamás. Ninguno se atrevía a opinar. Mucho menos a concluir.

–¿Y bien? Te falta una, ¿no?

–Si. La que falta eres tú.

–¡¿Yooooo?! –preguntó Danger sorprendida.

–Así mismo. De todos los episodios que English vio hubo dos que sucedieron a posteriori y no a priori. El #6 *vibranator* que acabamos de identificar con Regla, y el #412 *pelo para hoy y hambre para mañana*.

–¿Qué pasa en ese episodio? –preguntó Danger.

–En ese capítulo –empezó English a contar con cierta timidez– una chica muy linda llamada Joan, artista y nudista, padecía una enfermedad llamada tricofagia: la necesidad obsesiva de ingerir cabello –Danger se alarmó. Por un momento disfrutó de imaginarse en la piel de una artista nudista y bella pero, cuando escuchó las palabras "ingerir" y "cabello" juntas, sintió un extraño reflejo de ganas de vomitar y miedo–. El cabello –prosiguió English– está hecho de largas cadenas de proteínas y polipéptidos conglomerados en creatina. Lo explican en el video. La creatina es indigerible para el sistema digestivo humano. Con el tiempo el cabello no digerido empezó a obstruir el estómago de Joan. No puede retener comida y se debilita. La salud empeora hasta que tosiendo, Joan entra en coma y muere poco después. La ingesta obsesiva de cabello forma en el estómago algo llamado bezoar: una bola de cabello o tapón hecha, no solo de pelo, sino también de partículas no digeridas de comida, grasa y líquido. Paraliza el sistema digestivo. Se genera una obstrucción de comida y fluidos. Si se le aplica suficiente presión puede desgarrar el intestino. El desgarro puede provocar una hemorragia interna en la pared intestinal. Hemos visto el bezoar que te extrajeron Danger, medía casi 20 centímetros. Parecía un bebé.

Danger no daba crédito. Estaba pasmada, tiesa, congelada. Era lo único que no esperaba escuchar.

–¿Qué relación tenías tú con Gigi? –preguntó Tom.

–Yo solo la vi una vez. Estaba pasando un mal momento. Fue cuando Sofía me dejó –confesó como si en lugar de sus compañeros de la American Patrol que trabajaban con ella para Machilandia Country, estuviera frente a viejos amigos incapaces de juzgarla. Por primera vez sintió la necesidad de contar una intimidad nunca revelada, nunca exigida como una reclamo voyeurista–. Me da vergüenza confesarlo, por eso no he dicho nada hasta ahora, pero fui a tirarme las cartas. En ese momento estaba desesperada. Alguien del barrio me la aconsejó. Era muy buena.

–¿Cuál sería su móvil?

Danger se encogió de hombros.

–No tengo ni idea. Allí no pasó nada raro. Al contrario. Me dijo que todo se solucionaría. Lo recuerdo con pelos y señales. Me dijo: Ustedes volverán. No te preocupes. ¿Lo pueden creer? Después de aquella visita pasó justo lo contrario. Sofía se casó. Me apartó de su vida. Me ignoró. Pasó justo lo contrario a lo que dijo que iba a pasar.

–Bueno Jefa... siendo exactos... –opinó English–, en realidad ha pasado lo que dijo que iba a pasar. Las cosas como son.

–¿Desde cuándo te comes el pelo? ¿Te dijo algo? –preguntó Tom.

–Si. Recuerdo que, mientras me tiraba las cartas, se dio cuenta que me mordía las puntas. Eso no es bueno, me dijo. Solo eso. La verdad... Hasta ese momento ni siquiera tenía conciencia de que me comiera el pelo.

–Bueno, de ser cierto todo este paquete de conjeturas... se suponía que ella, igual que hizo English, podía haber visto ese episodio.

–Quizá te estaba advirtiendo –comentó English–. Quizá interviniste contra alguno de sus protegidos.

–Quizá no quería que llegaras hasta ella –apuntó Tom.

–Quizá –admitió Danger–. ¿Conocen la serie Bones, no?

–Claro, ¡es mi serie favorita! –exclamó English.

–Pues en no se qué capítulo, de no se qué temporada, Booth le dijo a huesos algo parecido a esto: El hecho de poder explicar algo no significa que sea explicatorio.

–Así es. ¡Manda pinga!